나다운 게 뭔데

나다운 게 뭔데

김정현 지음

잡 학 다 식
에 디 터 의
편 식 없 는
취 향 털 이

알에이치코리아

HELS...
KINGDOM
MALIBU (USA)
CE (FRANCE)
HARA (NEPAL)
AND (USA)
KOREA)
JAPAN)

boxboxbox

BOXBOXBOX MAGAZINE

ISSUE № 001
YOUR CITY

20-20

OX MAGAZINE
T YOUR CITY

COLLECT #RECORD

OX.official

INTERVIEWEE

JUNG JUNYUNG
BALI (INDONESIA)

LEE JAEYOON
BERLIN (GERMANY)

LEE MOSE
HELSINKI (FINLAND)

YOON JUNY
KINGDOM OF ESWATINI
(AFRICA)

YOON DAHYE
MALIBU (USA)

KIM HYEMIN
NICE (FRANCE)

YU JEJUN
POKHARA (NEPAL)

HA TAEHE
PORTL...

누가 그랬다. 요즘 남자가 쓴 에세이를 누가 읽어? 그러고 보니 그랬다. 남자의 에세이란 보통은 힙스터와 문학청년 사이를 마구 오가다 자기연민으로 빠지며 마무리되곤 한다. 자신을 완전히 까 보이겠다는 결기 없이, 취향만 나열하는 글을 읽는 것은 꽤 고통스러운 일이긴 하다. 하여간 남자들은 말도 글도 솔직하지 못하다. 김정현의 글을 읽다가 몇 번이나 소리 내 웃었다. 근사한 거 좋아하고 힙한 건 다 해보는 잡지 에디터의 글이라기엔 난감하게 정직하고 통쾌하게 솔직하다. 당신은 이 책을 덮는 순간 이 남자의 친구가 되고 싶어질 것이다. 그게 아니라면 적어도 연희동에서 서울 최고의 베이글을 함께 먹고 싶어질 것이다. 틀림없다.

_김도훈, 영화 평론가

어머, 나만 이런 게 아니란 말이야? 책을 읽으며 몇 번씩 얼굴이 화끈거렸다. 몰래 품고 있던 마음들이 너무 선명한 활자로 인쇄되어 있어서다. 우리는 내가 아닌 나를 욕망하고, 내가 좋아하는 것들이 나를 더 나은 사람으로 만들어 줄 거라(혹은 그렇게 보이게 할 거라) 애써 종용한다. 욕망이란 말로 거창하게 포장했으나 그것들은 대체로 아주 작고, 원초적이고, 귀여운 욕심에 가깝다. 이를테면 "김정현 옷 잘 입는다고 동네방네 소문났으면 좋겠다"처럼, 솔직해 마지않은 작가의 고백처럼 말이다.

작가는 무언가를 사랑하고 좋아하는 게 얼마나 많은 체력을 필요로 하는지 잘 알고 있는 사람이다. 아낌없이 애정을 쏟을 줄 알고, 팬이 될 줄 알고, 동경할 줄 알고, 질투할 줄 아는 사람이다. 그리고 솔직하다. 그래서 '홍대병 걸린 젊은이'가 서른을 목전에 두고 써내린 이 기록은 귀하고 사랑스럽다. 10년 후에는 어떤 책을 내줄지 벌써 기대될 만큼. 어떤 사람이 되어 있을까? 어떤 취향으로 변했을까? 여전히 똑같은 질문을 품고 있겠지. 나다운 게 뭔데?

_하경화, 〈디에디트〉 에디터

똑같은 장면이라도 다양하게 보고 느끼는 사람이 있다. 누군가는 무심코 지나쳤을 디테일을 포착해, 그 사소한 차이를 만든 사람의 의도까지 떠올리며 감탄하고 감동하는 사람. 인생을 더 풍요롭게 사는 비결은, 이 같은 시선의 차이 아닐까. 세상을 호기심 어린 눈으로 바라보는 것. 세심하게 관찰하고 사랑하려는 의지와 능력. 평범함 속에서 특별함을 발견하는 안목은 어떤 대상을 들여다보고 마음을 쏟아본 사람에게 주어진다. 내가 아는 김정현 에디터는 좋아하는 마음을 따라 누구보다 적극적으로 움직이는 사람이다. 아주 기나긴 취향의 목록을 가지고 있는 사람이다. 그의 책에서 어떨 땐 커피 향이 났고, 어떨 땐 내가 사랑하는 서울의 모습이 떠올랐다.

나다운 게 뭔데. 호기롭게 질문을 던지지만, 그는 굉장히 섬세하게 답을 적는다. 취향이란 그물망으로 건져낸 형형색색의 이야기들은 그의 해상도를 높인다. 때로는 싫어하는 순간들로부터 취향을 발견하면서. 때로는 불호가 호로 바뀌어 과거의 나를 배신하면서. 좋아하는 마음을 따라 푹 빠져드는 경험이 반복될수록 나다운 색깔이 쌓이는 게 아닐까 싶다. 나다움에 대해, 내 취향에 대해 고민하는 사람들에게 이 책은 은근한 유머와 실용성을 겸비한 친구가 되어줄 것이다.

꼭 생산적인 결과로 이어지지 않으면 또 어떤가. 취향의 세계에 빠져 유영하는 시간만큼 즐거웠다면 그 역시 행복한 일이 아닌가. 다양한 취향의 세계에 빠져들 줄 아는 김정현의 동지로서, 앞으로도 계속될 그의 '재미 목록'이 기다려진다.

_정혜윤, 마케터

이 책을 읽어야 하는 이유는 자세함과 솔직함에 있다. 이 책은 저자 김정현이 원하는 모든 것이 반복 재생되는 플레이리스트다. 고양이. 아이비 룩. LA와 뉴욕과 포틀랜드와 도쿄와 홍콩. IPA 맥주와 하이볼. 모던 록과 한국 힙합. 서울의 카페. 스케이트보드. 잡지들. 본인이 취향이라 부르는 개인적 기호가 생긴 사정. 그로부터 뻗어나가는 희망 사항. 저자는 그 모두를 자세하게 적어 놓았다.

유명해지고 싶다. 잘나가고 싶다. 멋있게 살고 싶다. 상황은 여의치 않다. 현실을 직시하느니 눈을 돌린 채 산미 있게 볶은 제철 원두로 내린 커피를 한잔 마시고 싶다. 이 솔직한 욕망이 책 속에 다 있다. 이를 어떻게 해석하고 판단하든 작가의 마음이 너무나 진솔하다는 것만은 확실하다.

그러므로 이 책은 오늘날의 젊은이를 이해하는 데에 큰 도움이 된다. 2022년 현대 한국의 온갖 요소를 덮어쓴 어떤 개인의 욕망이, 아주 자세하게 묘사되었기 때문이다. 현대 욕망 실록 같은 이 책을 읽으며 나 역시 인간 김정현의 시대와 세대를 읽는 것 같았다. 당신이 어떤 사람이든 이 책을 읽으면 분명 뭔가를 느낄 것이다. 그것이 당신의 눈에 비친 이 시대의 젊음이다.

_박찬용, 칼럼니스트

사랑하긴 쉬운데, 설명하긴 어려운

나는 아트북이나 전시 도록을 사 모으지 않는다. 패션 브랜드의 신규 컬렉션 소식을 SNS로 확인하지만, 때맞춰 매장으로 달려가는 사람은 아니다. 계절 따라 뉴욕, 베를린, 도쿄로 떠나는 건 잠들기 전 상상 속으로만 한다. 많은 것을 사랑하고 좋아하지만, 가진 모든 시간과 체력을 바칠 정도로 깊지는 않다. 사실 그럴 돈도 없다. 사랑은 하는데 열렬하지 않은, 취향으로까지 좁혀지지 않는, 그 한 끗의 간극이 늘 나를 괴롭혀왔다.

나는 그저 '척'만 하고 살아온 것 아닌가? 문득 그런 생각이 들었다. 예술에 조예가 깊은 척, 패션 그 자체를 사랑하는 척, 구매한 물건의 브랜드 철학을 응원하는 척, 값싼 유행에 휘둘리지 않고 고유한 세계를 우직하게 일구며 살아가는 척. '취향'이란 말을 오해하고 있었다. 지금껏 해온 소비, 쌓은 지식이 취향의 전부라고 생각했다. 취향 이야기에 자신 있게 입을 떼던, 주변 눈치를 보며 옅은 미소만 띠던 내 모습이 떠오를 때마다 죄 없는 이불을 걷어차곤 한다.

나는 조급했다. 황새를 쫓느라 가랑이가 찢어지는 줄도 모르고. 동경과 부러움이라는 명분 아래 질투와 시기심은 숨겨 두고 이리저리 바쁘게 눈을 굴렸다. "내가 좋아하는 게 뭔지 고민하고 찾아가야지!"라고 호기롭게 외치면서, 정작 나는 타인의 아우라에서 벗어나지 못했다. 멋있는 사람들의 멋있는 이미지를 쉴 새 없이 따라가는 데 급급했다. 시선이 바깥을 향할수록 정작 애써 안에 품고 쌓아온 것들은 소외되고 있었다. 이따금 그 모습이 나라고 착각했던 순간이 떠오른다. 역시 이불이 타격감이 좋다.

"너만의 뚜렷한 취향을 가진 것 같아서 부러워." 이런 말을 종종 듣는다. 들을 때마다 심히 곤혹스럽다. 저도 모르는 제 취향을 알고 계신다니요. 구체적으로 어떤 것인지 조목조목 따져 묻고 싶다. 진심으로 궁금하다. 김정현만의 취향이 뭔데. 나다운 게 뭔데! 이제는 안다. 배움과 경험이 많아지면 많아질수록 나다운 취향을 한 단어 한 문장으로 정의 내리기 어렵다는 걸. 질문에 답하는 일에 실패했다. 실패에 실패를 거듭하다 이제는 깔끔하게 포기했다. 그거 찾고 규정할 시간에 하나라도 더 보고, 한 곳이라도 더 가고, 한 번이라도 더 감탄하는 편을 택했다. 취향은 의도대로 만들어지는 게 아니라, 사는 대로 쌓이는 것이다.

어느 날 취향에 대한 에세이를 써보자는 출판사의 제안 메일이 도착했다. 매우 신나고 너무 두려웠다. '안 그래도 관심받고 싶었는데 이제 더 적극적으로 내 이야기를 할 수 있겠구나'라는 기대와, '드디어 심판의 날, 올 것이 오고야 말았구나'라는 불안이 크게 충돌했다. 하지만 그 격렬함이 무색하게도 결정은 어렵지 않았다. 당시 나의 관종력과 인정 욕구는 끝없이 치솟고 있었으니까. 기회는 잡는 자의 것이고, 살면서 누구나 평가를 받는다. 이 갑작스러운 제안을 잡지 않을 이유도, 평가받길 무서워할 이유도 없었다. 그래도 이 책이 세상에 나온다면 조금 더 당당하게 취향에 관해 이야기할 수 있지 않을까 싶다. 나는 자기합리화에 재능이 있는 편이다.

수많은 소재와 레퍼런스를 뒤적여가며 40편의 원고를 썼다. 사람, 물건, 콘텐츠, 음식…. 좋아하는 것들을 적다 보니 종류도 다양하고, 기준을 찾기도 어려운 목차가 완성됐다. 이 이름 지을 수 없는 목록에 공통점이 하나 있다면, 내 '감탄 레이

더'에 걸려들 만큼 흥미롭고 인상적인 주제였다는 거다. 이건 진짜 내 취향일까, 골똘히 고민하지 않았다. 그저 좋아서 좋은 이유를 적었다. 깊이 감동해서 감동한 맥락을 정리했을 뿐이다. 다만 너무 잡다하지는 않은지 혼자 갸웃거리긴 했다. 하나 분명해진 건 있다. 가짓수가 늘어날수록 이 산만한 목록이 나라는 사람을 투명하게 투영한다는 걸. 하여간 나에겐 좋아 죽겠는 것들이 많아도 너무 많다. 그만큼 재미와 즐거움을 느낄 가능성이 농후한 셈이니, 인생에 지루할 틈은 없다는 게 장점이라면 장점이다.

'Be yourself' 같은 말들이 잠언처럼 떠도는 시대다. 좋아하는 게 너무 많은 사람은 종종 시무룩해진다. 한 우물만 파는 장인이나 과몰입 덕후에 비하면, '나다운 취향'이 없는 것 같으니까. 나는 그냥 취향이 없는 편 아닌가. 스스로 의심하기도 할 것이다. 정확히 같은 이유로 자주 울적했던 사람으로서 당부하고 싶다. '나다운 취향'이라는 좁디좁은 말에 갇히지 말자고. 화려한 수식어로 설명할 수도 없고, 명쾌하게 그려 보여 줄 수 없어도 상관없다. 이미 내 안에 다 남아 있다. 까짓것 원한다면 '취향'이라는 말도 집어치우자. 내 사랑과 애정이, 무어라 이름 붙여질지 일일이 계산하고 신경 써가며 살아왔다면 나는 이 책을 쓰지 못했을 것이다. 호들갑 떨어대며 마음껏 동경하고, 동네방네 티 내가며 유난스럽게 열광한 것. 후회스럽지 않은 시간이었다고 자평할 수 있다.

아무리 생각해도 좋아하는 게 많아도 너무 많다. 그게 정말 나다운 건지는 영영 모를 것 같다. 단지 나는 재밌게 살고 싶다.

2022년 가을,
김정현

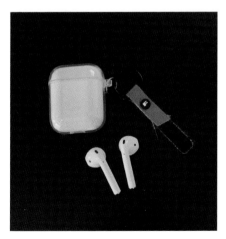

일목요연하게 정리된 플레이리스트를 넉넉히 보유한 것만큼
든든한 일이 또 있을까? 야, 내 일상은 좋겠다.
평범한 순간을 극적으로 만들어줄 BGM이 넘쳐나서.

애정이 싫증이 되어 버리는 바람에 속절없이 식어 버린 마음을 떠올린다.
식어 버린 무수한 마음들에 감사를 표한다.
덕분에 이별을 결심했고 환승에 성공했다.

내 생활 반경에서 멀지 않은 곳에, 말없이 크고 작은 물결을 만들며
나를 기다리는 파도가 있다.

청춘의 가장 멋진 모습만을 압축해 놓은 듯한 홍대 앞 문화의 전설이,
나에게 얼마나 매력적으로 다가왔겠는가.
원래 반대가 끌리는 법이라고, 나는 잘 보이지도 않는 내 안의 힙스터를
애타게 소환하고 부르짖었다.

결전의 순간이 오면 있는 힘껏 '우와앙' 입을 벌려
끊임없이 밀려 들어오는 빵과 패티와 치즈의 자비 없는 돌격을
크고, 깊게, 푸지게 받아들인다. 참으로 경쾌하고 즐거운 행위다.

앞으로 금기어는 '내가 감히',
어제의 나를 자유롭고 유쾌하게 배신하겠다.
끊임없는 배신과 변화와 확장을 다짐하며,
나도 한 번 클리셰 덩어리 대사를 외쳐본다.

나다운 게 뭔데.

CHAPTER 1

호불호는 자라서 취향이 되고

CHAPTER 2

좋아 죽는 것들에 대하여

CHAPTER 3

잘나서 좋겠다 부러워 죽겠다

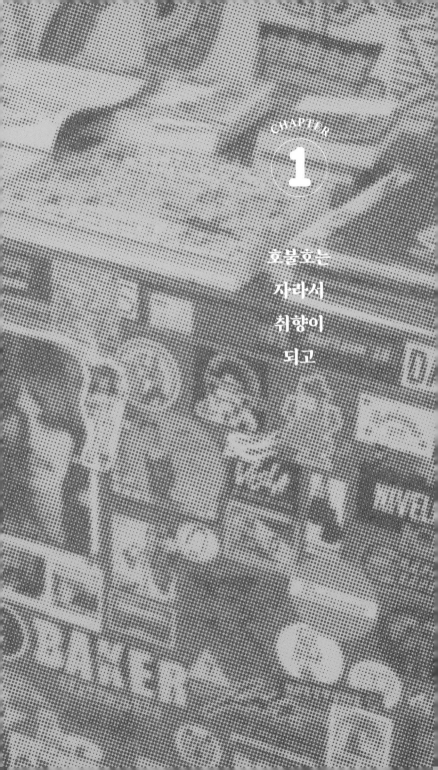

호불호는

자라서

취향이

되고

근사한 도시 남자가 되고 싶을 때 나는 카페에 간다

누군가 내게 말한다. "가끔은 나도 되게 그럴듯한 사람처럼 보이고 싶을 때가 있어. 그, 있잖아. 세련되고 감각적으로 보이는, 시크한 분위기를 풍기는 사람." 나는 답한다. "그럼 카페에 가면 되겠네."

이렇게 주저 없이 권할 수 있는 건, 나 역시 비슷한 욕망을 가질 때가 많기 때문이다. 괜히 울적해질 때, 초라한 내 모습이 싫을 때, 안 좋은 감정을 '분위기'로 가리고 싶은 날. 근본적인 해결책이나 건강한 자기 직시 같은 거 말고, 낭만이니 감성이니 하는 것들로 그냥 달콤하게 눈을 가리고 싶을 때가 다들 있지 않나.

그럴 때면 난 카페에 간다. 근사한 카페에 가면 나까지 근사한 사람이 된 것만 같으니까. 고작 커피 한 잔 앞에 두고 앉아 있을 뿐인데 제법 분위기 있어 보이는 내가 낯설고 신기하다. 창가에 자리를 잡고 뜨거운 커피를 홀짝이며 지나가는 사람을 구경하는 시간. 이 멋진 공간이 내 것은 아니지만, 지금만큼은 멋진 풍경 속에 내가 자리하고 있다는 느낌. 뭐야, 나좀 그럴싸하잖아?

기분 좋은 착각은 '모던'을 추구하는 카페에 갈 때 더욱 극대화된다. 평소 보고 듣던 것들에 비해 한층 도회적이고 감도 높은 이미지가 펼쳐지는 곳. 부티 나는 가구와 매끈한 그래픽과 개성 강한 소품이 우리의 시선을 가만두지 않는 공간. 카페에서 나는 이따금 황홀해진다. 마냥 어렵게만 느껴지는 아트갤러리, 계산서를 받아들면 자연스레 손이 덜덜 떨리는 고급바에 억지로 갈 필요가 전혀 없다. 에스프레소 한 잔 값의 돈만 있다면 이렇게 세련된 공간과 하나가 되는 듯한 기분을 느낄 수 있는데. 이 고-저스gorgeous한 기운을 원래 누려온 사람인 양 소심한 허세도 부려볼 수 있다.

트렌드의 최전선을 달리는 욕망의 도시, 서울엔 이미 모던하고 시크한 분위기의 카페들이 문전성시를 이루고 있다. 개중에는 유행만 따라가느라 고유한 개성 따위는 찾아볼 수 없는 데도 많다. 하지만 좋게 생각하련다. 뱁새 카페들이 부단히 따라가려 노력하는 동안 탁월한 황새 카페들은 또 서울 어딘 가에서 묵묵히 입지를 굳히고 있다는 뜻일 테니까. 그래서 내일 당장 어느 카페로 향할 거냐고? 잠깐 고민해 봤는데, 지금 당장은 서울의 중심 '종로구'로 향하고 싶다.

의아해할지도 모른다. 종로구 할 때 떠오르는 이미지와 트렌디함은, 어딘가 매치가 잘 안 될 테니까. 무릇 종로란 서울에서도 전통의 것이 가장 많이 남아 있는 동네가 아니던가. 고색창연한 고궁과 한옥이 상징인 역사와 전통의 동네. 각종 정부 부처와 대기업이 이루는 거대한 빌딩 숲 사이, 작고 좁게 이어지는 종로의 수많은 골목엔 오랜 세월의 흔적이 고스란히 담겨 있다. 바로 그거다. 정확히 그 지점이 도시 공간을 기획하는 이들의 안테나를 자극했을 것이다. 특유의 한적하고 고즈넉한 동네 분위기에 최신 유행의 결정체인 카페의 등장이, 묘한 균열을 가져올 수 있다는 사실. 단아한 돌담과 우아한 한옥이 빚어내는 정취 속에서 카페의 인테리어와 외관이 주는 차갑고 매끈한 색채는 이질적인 매력을 이끌어낸다. 아주 오래된 것과 가장 새로운 것, 편안하고 느린 것과 예리하고 빠른 것이 공존하기에 종로야말로 기획자에겐 흥미로운 그림을 실험하기 좋은 장소다.

○

가장 먼저 떠오르는 카페가 하나 있다. 꽤 오랜 시간 경복궁 옆 작은 창성동 골목을 지켜온, 단골 사이에서는 '미경이'라는 애칭으로도 불리는 카페 mk2다. 이 잔뼈 굵은 공간은 디자인이든 커피든 어느 한쪽에라도 관심이 있는 사람이라면 한 번쯤 들어봤을 만한 곳이다. 솔직히 첫인상은 별로였다. 스타일 좋은 힙스터들로 가득한 이 공간은 나를 반기지 않는 것만 같았기 때문이다. 늦은 밤에 간 터라 실내도 어두웠고, 음악은 너무 컸다. 덩달아 사람들의 말소리도 줄어들 기미가 보이지 않았다. 여유를 즐기기는커녕 위축된 마음으로 괜히 여기저기 훑어보기만 하다가 금방 나와 버렸다.

두 번째로 방문했을 땐 볕이 좋은 오후였다. 그날 나는 반해 버렸다. 밝고 환하면서도 시크했고, 아늑한데 쿨했다. 매끈한 디자인의 가구들과 벽을 장식하는 알록달록한 포스터를 보고 있으니 베를린의 멋진 카페가 떠올랐다. 카페 안을 차지한 가구들은 하나같이 바우하우스 기반의 미드 센추리 빈티지 제품이었다. 그 때문에 나는 여기 올 때마다 지적인 도시 남자가 된 기분이 든다. 유명한 수집가들이 눈독을 들인다는 귀한 디자인 가구와 아트 포스터를 한눈에 알아보는 나. 어색

① 허물어지는 자신의 취향이 더

한 기색 없이 항상 그래왔다는 듯 무심히 재킷을 걸어놓고 자리에 앉는다. 그리고 주문한다. 늘 먹던 걸로요. (메뉴는 반드시 에스프레소. 다른 건 안 된다.) 잠시 쏟아지는 햇빛을 느끼며 창 너머 골목을 내다보다, 이내 다시 일터로 돌아갈 채비를 하는 듯 부산해진다. 비록 현실은 아이스 바닐라 라테에 브라우니를 먹으며 웹툰을 본다 해도 그쯤은 아무런 상관이 없다.

한편 평소와는 다른 새롭고 낯선 경험을 제공하는 데 초점을 둘 수도 있다. 화동 윤보선길에 자리한 카페 와이엔은, 모토부터 '컨템포러리 카페 브랜드'다. 들을 땐 어리둥절했으나 가보고 나서는 허투루 쓴 표현이 아니라는 걸 느꼈다. 카페가 아니라 갤러리에 온 것 같았기 때문이다. 차갑고 단정한 분위기가 주를 이루는 공간에 들어서기 전, 입구에 놓인 기다란 통나무와 돌 조형부터 방문자의 눈길을 끈다. 묵직한 인상을 주는 무채색 가구와 다양한 질감의 소품과 조각들, 스탠딩 테이블과 형광색 컵 홀더 등 구석구석에 숨겨놓은 위트를 발견하는 재미가 넘친다.

내가 알던 기존의 카페 모습과는 너무 다르다고 거부감을 느낄 이유는 없다. 푹신한 소파나 세월의 때가 묻은 나무 의자에서만 커피를 마시라는 법은 없으니까. 따뜻하고 안락한 공간에서만 수다를 떨고 책을 읽으라는 법도 없지 않나. 편안한 분위기 대신 신선하고 압도적인 에너지를 느끼게 만드는 카페가 있다. 그 공간만이 주는 기쁨이 있다. 평소보다 눈과 귀를 활짝 열게 되는 곳. 크리에이티브한 디렉터나 감각적인 기획자가 요소 하나하나 유심히 뜯어볼 법한 카페 말이다. 여길 만든 사람은 대체 어떤 의도를 가지고 어떤 그림을 구현하려 했을까. 낯설지만 그래서 더 흥미로운 공간 경험은 내 좁은 시야를 반의반 뼘이라도 넓혀준다. 높아진 심미안, 가득 충전된 지적 허영에 느끼는 뿌듯함은 덤이다.

어느 볕 좋은 오후, 종로의 한 근사한 카페에서 우리는 우연히 마주칠지도 모르겠다. 멋쩍어하지 말자. 우리는 그날따라 유독 근사한 도시 사람이 되고 싶었을 뿐이니까.

—

CAFE mk2
서울 종로구 창성동 122-2 (Instagram @cafemk2)

CAFE yyyyynnn
서울 종로구 화동 126 1층 (Instagram @yyyyynnn_cafe)

호모 목록쿠스

: 유난스럽게 취향을 모으는 사람

좋아하는 것이 많다. 조금 많은 정도가 아니라 아주 많다. 그것들이 속한 카테고리도 한두 개가 아니다. 많다는 건 산만해질 확률이 높다는 뜻. 뒤도 안 돌아보고 이것저것 향유하고 소비하는 데만 정신을 쏟다 보면 어느새 나는 일종의 카오스 상태에 봉착해 있다. 내가 무엇을 어떻게 좋아하는지 명료하게 기억나지 않는다. '좋아한다', '재밌다' 같은 뭉뚱그려진 일차원적 감정들만 떠다닐 뿐이다. 분명 보고 듣고 느끼는 건 차고 넘쳤는데 돌아보면 남는 게 없다.

그래서 잘 붙잡아 두는 과정이 필요하다. 온전히 내 것으로 체화하기 위해서. 좋아하는 게 많은 만큼 더 효율적으로 즐기고 싶다. 오래 기억하고 싶다. 관련 없어 보이는 존재들이 서로 만나고 연결되어 더 풍성하고 다채로운 즐거움이 생기기도 한다. 이를 자주, 잘 느끼고 싶다. 그래서 기록하고 분류한다. 일시적인 반응을 넘어서 지속적인 감각을 확보할 수 있도록. 기호가 취향이 될 때까지. 목록을 만들고 폴더를 정리하며 나는 취향을 쌓아간다.

하루에도 몇 번이고 인스타그램에 들락날락거리는 나는 '인스타 중독'이 맞다. 이 네모난 세계는 뭐 이렇게 맛있고 멋있고 독특한 것들로 가득한지. 생각 없이 스크롤만 넘기기엔 아까운 것들 천지다. 어차피 탈퇴하거나 삭제하지는 못한다. 중독에서 벗어나기엔 너무 멀리 왔다. 이왕 하는 거 제대로 활용해서 조금이나마 생산적인 방향으로 가자. '저장' 기능을 애용하게 된 까닭이다. 마음에 드는 게시물을 만나면 여지없이 우측 하단의 책갈피 모양 버튼을 누른다. 빈 책갈피가 검은색으로 채워지면 내 계정에 잘 저장됐다는 뜻. 프로필 한 구석에 있는 '저장됨' 탭에 들어가면 그간 저장한 게시물들이 쫙 펼쳐진다. 과거의 내 눈과 마음이 무엇에 동하고 있었는지 알 수 있는 가장 간단한 방법이다.

다만 이것도 하나둘 쌓이다 보면 어느새 질서를 잃어버린다. 똑같은 정사각형의 형태로 끝없이 나열된 수집품 앞에서 수집한 이유가 도무지 기억이 나질 않아 긁적거릴 때도 많다. "이 게시물이 왜 여기 있지…?" 저장한 이유와 마음에 든 포인트가 다 다르니까 문제다. 사진이 예뻐서일 수도 있지만 본문에 적힌 이야기가 감동적이어서일 수도 있다. 강렬한 비주얼의 패션 화보를 저장하는가 하면 디자인 스튜디오의 그래픽 디자인 작업물을 저장하기도 한다. 무책임하게 한 공간에 몰아넣는 건 모두에게 못 할 짓이다. 비효율의 늪에서 벗어나야 한다. 뭐라도 남기고 싶어서 저장하는 거 아니었나. 콘텐츠의 가치를 높이려면 조금은 더 똑똑하게 이용할 필요가 있다.

인스타그램은 이마저도 다 예견했다. 난잡해질 대로 난잡해진 보관함 때문에 기계적으로 저장만 하고 다시는 들여다보지 않을 우리의 모습을. 그래서 나름의 대안으로 '컬렉션'을 마련한 것일 테다. 컬렉션은 저장 기능과 함께 활용할 수 있는 폴더라고 생각하면 된다. 바탕화면 속 어질러진 파일들을 새 폴더에 집어넣듯, 내가 저장한 게시물들을 특정 범주로 묶어 보관하고 싶을 때 이름을 지정해 컬렉션을 만들 수 있다. 모든 게시물을 한 번에 살펴볼 수도 있지만 컬렉션별로도 확인할 수 있으니 분류도 열람도 훨씬 더 편하다. 참고로 내 인스타그램 컬렉션은 총 21개. 집이나 카페, 숙소 등 매력적인 장소와 공간 이미지를 담는 'place', 예쁘고 귀엽고 신기한 각종 상품, 소품을 모으는 'item', 스타일 좋은 사람들의 착장을 참고하려고 만든 'style' 등 범주는 다양하다. 각기 다른 주제로 만든 21개의 인스타그램 스크랩북이랄까. 꺼내볼 때마다 재밌는 건 기본이요, 내 취향의 세계를 대략적으로나마 파악할 수 있는 창구가 되어주고, 실제로 뭔가를 구상하거나 기획할 때 꽤 유용한 레퍼런스가 되기도 한다. 많은 사람이 영감을 '수집한다'라고 표현하는 데는 다 이유가 있는 거다.

○

음악 플레이리스트는 '호모 목록쿠스'의 또 다른 대표 목록. 보석 같은 곡을 발견할 때마다 서둘러 플레이리스트에 추가한다. 장르나 분위기 면에서 어울리는 게 없으면 새로운 리스트를 만든다. 이 간단한 과정을 몇 차례 반복한다. 간단하다고 생각했지만 어느덧 무려 80개 정도의 크고 작은 플레이리스트가 쌓였다. 하나의 테마를 설정하고 거기에 들어맞는 음악들의 목록을 구성한 건데, 상황이나 계절, 장소 등 그때그때 떠오르는 것들을 만들다 보니 이만큼 불어났다.

'아침', '비'처럼 다소 넓고 추상적인 범위의 것도, '제주-해 질 녘'처럼 실제 경험의 기억이 반영된 것도 있다. 여름 바다로 놀러 갈 땐 'summer ocean'을, 홀로 밤 산책을 나갈 때는 'night walking'을 듣는다. 심지어 '비행기 창문 너머로 하늘과 구름 내다보며 안젤릭 브리즈Angelic Breeze의 Morning Aura 듣기', '흐린 날 런던 거리 정처 없이 헤매며 라디오헤드Radiohead의 No Surprises 듣기'와 같이 버킷리스트 성격을 띠는 플레이리스트까지 갖고 있다. 어떤 상황이든 어떤 분위기든, 거기에 맞는 음악은 언제나 대기 중이다. 일목요연하게 정리된 플레이리스트를 넉넉히 보유한 것만큼 든든한 일이 또 있을까? 야, 내 일상은 좋겠다. 평범한 순간을 극적으로 만들어줄 BGM이 넘쳐나서. DJ도 아니고 라디오 PD도 아니고 유튜브 플레이리스트 채널 운영자도 아니지만, 그쯤이야 상관없다. (거짓말이다. 시켜만 주세요.)

목록과 폴더를 만드는 건 분명 귀찮은 일이 맞다. 좋아하는 거 그냥 즐기면 되지, 뭘 또 번거롭게 분류하고 정리를 해. 이 또한 생산성과 효율성에 미친 현대사회가 만들어낸 자기착취의 소소한 예시가 아닌지 나 역시 종종 의심하곤 한다. 그럼에도 포기할 수 없다. 난 더 많이 재밌고 싶다. 계속 재밌고 싶다. 아무도 안 알아주는데 이렇게까지 발전적으로 즐기는 모습에 스스로 뿌듯해하며 감탄을 내뱉고 싶다. 2018년에 출간된 김신지 작가의 에세이가 떠올랐다. 책 제목은《좋아하는 걸 좋아

하는 게 취미 : 행복의 ㅎ을 모으는 사람》. 내가 리메이크한다면 이렇게 바꿔 쓰겠다.《좋아하는 걸 유난스럽게 좋아하는 게 취미 : 재미의 목록을 모으는 사람》.

—

김정현,〈The ICON tv〉, 2019년 5월.

익산의 킬링타임 시네필

 분기마다 전라북도 익산에 있는 본가에 간다. 직행 고속버스를 타면 2시간 30분, 무궁화호 열차를 타면 3시간 정도 걸리는 거리. 그 작은 도시에서 태어나고 자란 나는 스무 살이 되던 해에 서울로 왔다. 벌써 9년이 지났다. 집에 갈 때마다 평균 3~4일 정도, 딱 적당히 쉬기 좋은 기간 동안만 머물렀다. 그래서일까. 다시 서울로 가는 열차에 오를 때면 정말 원 없이 쉬었다는 생각이 들곤 했다. 하지만 동시에 '이렇게 방치될 필요까진 없었잖아' 하는 마음도 든다. 모든 생산적인 활동으로부터 철저히 멀어진 채 지냈기 때문이다. 스위치가 내려가고 절전모드에 돌입하는 것 같달까. 책을 읽지 않는다. (원래도 잘 안 읽지만.) 커피 마시러 카페에 가지 않는다. 친구들도 잘 만나지 않고, 운동이나 산책은 당연히 안 한다. 대신 TV를 본다. 유튜브도 본다. 틈만 나면 인스타그램과 트위터와 페이스북에 접속한다. 본가에만 가면 나는 습관처럼 혼잣말을 시작한다. 유익한 정보는 여기 얼씬도 하지 마라.

영화도 역시 예외는 아니다. 익산에서는 절대 진지한 영화를 보지 않는다. 차분히 사유하고 내밀한 감정을 들여다보게 만드는 메시지의 영화, 혹은 감각적인 미장센으로 심미안을 충족시키는 영화 같은 건 내 (본가의) 사전에는 없다. 사전에 등록된 영화는 다음과 같다. 마동석 형님이 나와서 죄다 때려 부수는 액션물. 범죄자들이 팀을 결성해 작전을 짠 뒤 무언가를 훔치고 탈취하며 크게 한탕 벌여놓는 하이스트 무비. 전 세계를 무대로, 압도적인 스케일을 보여주며 눈과 귀를 쉴 새 없이 현혹하는 〈미션 임파서블〉 시리즈 류의 블록버스터 영화. 시종일관 몸 개그와 농담으로 웃음을 자아내는 B급 코미디 영화까지. 사유와 침잠이 목표가 아닌, 말초적 쾌감만을 위해 달려가는 이 '킬링타임' 영화들이 익산에서의 3박 4일을 채운다. 나는 즉각적인 반응만 하면 된다. 사이다를 한 사발 들이마신 듯 속 시원해하다가 경박한 목소리로 또 깔깔대다가 어느새 숨죽이며 "오오…" 낮은 탄식을 내뱉는 거지. 생각 같은 건 잠시 내려두고, 이 화려한 자극들이 끌고 가는 대로 멱살 잡혀 따라가는 것.

누가 물어보면 당당하게 말하진 못하겠다. 남들이 보는 내 취향과, 본가에 가면 유독 도드라지는 내 취향 사이의 간극 때문에. 초면엔 얼마나 교양있는 척 허세를 부리고 다니는지 가까운 지인들은 모르는 편이 낫다고 본다. 어떤 배우 좋아하냐는 질문에는 분명 마동석, 제이슨 스테이섬 같은 액션 스타보다는 애덤 드라이버나 프랜시스 맥도먼드처럼 감성 시네필 취향인 배우의 이름을 댈 것 같다. 웨스 앤더슨Wes Anderson 감독 특유의 대칭 구도와 정제된 색감이 빚어내는 아름다움, 〈찬실이는 복도 많지〉나 〈소공녀〉 같은 한국 독립영화가 지닌 맑고 단단한 에너지 따위에 대해서도 한참을 떠들 거다. 주변 지인이나 SNS를 통해 나를 알게 된 분들이 내 익산 시네마에 놀러 온다면 깜짝 놀라겠지. "정현 씨도 이런 오락영화 좋아해요? 감성적인 영화 즐겨보는 줄 알았는데…" 그래도 오해는 없으셨으면 한다. 보지 않은 영화, 재미있지 않은 영화에 재밌다, 훌륭하다며 허풍 떠는 지경까지는 아니니까. 광화문의 예술영화관 '씨네큐브'에 가서 다양성 영화를 감상하는 것도, 영화전문지에 실린 평론과 인터뷰를 찾아 읽는 것도 진심으로 좋아한다. 감성충, 진지충 같은 말들로 놀림받은 적 있는 문화애호가로서, 영화 취향에 관해서라면 나름 할 말이 많지만… 그 취향 보따리 안에 동석이 형님의 원맨쇼 영화도 자리 잡고 있다. 지극히 상업적이고 오락적인 영화도 엄연히 내 취향이다. 오랫동안 즐겨봤고, 볼 때마다 묘한 쾌감을 느꼈고, 그 감상들은 내 정체성이 됐을 테니까. 담백하고 잔잔한 풍경을 좋아하지만, 러닝타임 내내 터지고 폭발하고 치고받으며 뒹구는 장면들도 사랑한다. 현실을 적나라하게 드러내 불편함을 유발하고 나와 주변을 돌아보게 하는 이야기에 매료되곤 하지만, 개연성 따위는 개나 주고 시원하게 복수를 향해 달려가는 일차원적인 플롯에도 정신 못 차리는 사람이 나다. 그러니까 이제 이런 영화는 줄이겠다는 식의 억지를 부릴 필요는 없다. 어디서든 먼저 자신 있게 말 못 꺼내면 또 어때. 나는 이렇게나 넓은 스펙트럼을 가진 사람인데.

○

"내 인생을 망치러 온 나의 구원자." 박찬욱 감독의 영화 〈아가씨〉에 등장하는 대사다. 그 교양 없는 영화들이 나를 구원까지는 아니어도 재충전은 해주었다. 평소의 나는 나도 모르는 사이에 생산성과 효율성에 매몰되어 나 자신을 소진시

킨다. 좋아하는 일을 하고 있다는 명분으로 내가 나를 가두기도 하고, 일하는 데 써먹을 수 있는 자료와 타인에게 지적으로 으스댈 수 있는 소재를 찾는 것에 항상 사로잡혀 있다. 그렇게 피로가 쌓이던 와중에 본가에 내려가면, 문득 다른 세계가 펼쳐진다. 그 어떤 목적도, 방향도 없이 마음 편히 즐기기만 하면 되는 영화가 그곳에 있다. 스펙터클과 농담과 타격의 향연. 엔딩크레디트가 올라가는 동시에 개운하게 휘발돼 버리는 대사와 장면들. "아, 재밌었다"라고 중얼거리면 소진되었던 그동안의 나는 쭉 비워지고 새로 충전되는 것만 같다. 작정하고 시작한 재충전은 아니었다. 이런 의미 있는 의식이 될 것이라 예상하지 못했다. 다만 언젠가부터 이 '익산 킬링타임 영화제'는 진행되었고, 10년 가까이 거듭하다 보니 루틴이 되었고, 생각을 정리하는 수단이 됐다. 지치고 피곤한 내게 이상한 활력을 선물하는 킬링타임 영화들이여, 앞으로도 그 가벼움을 잃지 말아주시면 감사하겠다.

뭐라도 하면 뭐라도 남는
여행 기억법

누군가 말했다. "여행을 떠나는 이가 다섯 명이라면, 여행을 준비하는 방법도 다섯 가지다." (내가 한 말이다.) 과연 준비하는 방법만 그럴까? 여행을 기록하고 기억하는 방식 또한 얼마나 다양할까. 휴대폰 카메라로 찍은 사진을 SNS에 업로드하는 것만이 여행의 전부는 분명 아닐 텐데. 문득 궁금해진다. 모두들 어떤 과정을 통해 여행을 기록하고, 또 기억하고 있는지.

휴가철에 많은 사람이 크고 작은 여행 계획을 세운다. 점점 다가오는 디데이를 확인하며, 설레는 마음을 진정시키기 어려울 테지. 벌써 타임라인을 가득 채울 장면들이 눈에 선하다.

코로나 바이러스가 기승을 부리기 전만 해도 뉴욕과 도쿄, 보라카이와 치앙마이 등 전 세계 도시의 이름이 적힌 위치 태그와 함께 하와이안 셔츠나 비키니 따위를 입은 이들의 사진이 하루에도 수십 장씩 올라왔다. 사진만 보면 언뜻 다 거기서 거기 같다. 나도 가본 관광지, 내 친구도 먹었다는 음식, 하도 많이 봐서 친숙해진 거리가 다른 아이디로 올라오고 있을 뿐. 하지만 정말 다 똑같은 여행을 하고 있을까? 사각형의 프레임 너머, 머나먼 그곳에서 얼마나 다양한 여행의 풍경들이 펼쳐지고 있을지 우리는 모른다. 타임라인을 채운 여행의 풍경들이, 누구의 취향에 따라 기록된 것인지도 알 수 없다. 그저 지금 이 순간에도 여행을 떠난 모두가 각자의 방법으로 낯선 순간들을 붙들기 위해 노력 중이라는 것만 짐작할 뿐이다.

나는 나의 여행을 어떻게 추억하는가. 가장 생생한 그리움을 가져다주는 건 음악이다. 재생 버튼을 누르면 별안간 나를 과거의 여행지로 데려가는 노래들이 있다. 평소 나는 상황과 분위기에 맞는(aka TPO) 선곡을 중요시한다. 여행을 떠날 때는 말할 것도 없다. 여행 내내 들을 플레이리스트를 여러 개 채워두는 것이야말로 나만의 경건한 준비 의식이랄까. 상상으로만 그렸던 순간이 실제로 다가오고, 눈앞에 펼쳐진 풍경과 분위기 속에서 내가 고른 음악을 들었을 때, 차오르는 희열

과 쾌감은 말로 표현할 수가 없다. 4분 남짓의 시간에 고해상
도로 그 순간의 기억이 내 뇌리에 박제되는 거다.

여행이 끝난 뒤에도 감동은 이어진다. 한 번씩 지난 여행이
그리워질 때마다 나는 플레이리스트를 들춘다. 짙은의 '백야'
를 들으면 오스트리아 할슈타트의 물안개 가득한 호수가 펼
쳐진다. 존 맥래플린 Jon McLaughlin의 'I'll Follow You'가 재생되
면 스무 살 여름에 즉흥적으로 찾았던 정동진의 밤바다가 떠
오른다. 양희은이 부른 '산책'은 친구가 아버지 이야기를 꺼냈
던 제주 아끈다랑쉬오름을, 크레이그 암스트롱 Craig Armstrong의
'Let's Go Tonight'은 여자친구와 함께 바라본 속초 바다의 등
대를 불러온다. 그리고 그럴 때면 꼭 그 순간에 느꼈던 구체적
인 기분과 감정을 다시 만난다. 보지 않아도 다 보이는 것만
같다. 울음이 터지진 않아도 눈가가 촉촉해지는 기분은 막을
수 없다.

○

음악 대신 현장의 소리로 그 순간을 기억하는 사람도 있다.
소설가 김영하와 김중혁이다. 그들은 여행을 다니는 동안 녹
음기를 활용해 다양한 소리를 채집한다. 광장을 가득 채우는

아이들의 웃음이나 식당에서 흘러나오는 대화, 덜컹거리는 기차의 소음과 정갈한 목소리의 안내 방송까지. 자신의 흥미를 잡아끄는 소리는 다 녹음한다고 한다. 시간이 지나 여행의 기억이 희미해질 무렵, 묵혀둔 녹음 파일들을 다시 들으면 기분이 어떨까? 공기를 가득 채우는 소리 한가운데 있으면, 그때 그곳에 다시 와 있는 듯한 느낌이겠지? 감각을 건드리고 상상력을 자극한다는 면에서 녹음은 정지된 형태의 사진이나 적나라한 영상보다 훨씬 더 풍성하고 입체적인 방식인 것 같다. 여행의 조각들이 마치 3D로 펼쳐지는 기분이려나.

특정한 물건에서 의미를 찾는 사람도 있다. 이를테면 여행지에서 수집한 물건을 통해 추억을 환기하는 방식. 예기치 않게 발견한 아이템, 애타게 찾아 헤매다 어렵사리 구매한 것, 혹은 현지의 친구로부터 받은 선물 등 당시 기억이 담긴 물건은 그 자체로 효과적인 기록물이 된다. 디저트 브랜드 '누데이크'의 아트 디렉터이자 작가로도 활동하는 박선아에겐 그게 설탕이었다. 그는 이십 대 때 여행하는 동안 방문한 카페나 식당에서 무료로 제공되는 설탕을 갖고 나왔다고 한다. 그렇게 하나둘 모은 것이 수백 개가 넘게 쌓였단다. 물론 혼자 다 모은 건 아니고 주변 사람들이 여행을 다녀올 때마다 그를 위해 가져다준 것도 많다. 어디 갔다 올 때마다 설탕을 한 뭉치씩 가져 오는 친구가 있다면 나 같아도 기념품 대신 각종 설탕을 챙겨다줄 것 같다. (이 얼마나 가성비 좋은 선물인가!) 크기와 모양과 색깔이 전부 다른 세계 각국의 설탕. 설탕으로 가득 찬 수납함을 바라볼 때마다 그를 몽글몽글하게 만들었을 마음들을 짐작해 본다. 나의 여행을 반추하며, 주변 사람들의 여행을 상상하며 얼마나 즐거웠을까? 각종 티켓이나 영수증, 카탈로그처럼 별 쓸데없고 사소한 걸 모으는 이들이야말로 이미 아는 거다. 작고 사소한 물건들이야말로 가장 강력한 추억 소환력을 가진다는 사실을.

쓰다 보니 여행이 너무 가고 싶다. 사실 이 생각밖에 없다. 일단 여행을 떠나야 사진을 찍든 녹음을 하든 하지. 이제는 바이러스 걱정 없이 좀 멀리 나가 보고 싶다. 생판 모르는 장소에서 생판 모르는 사람들과 생판 모르는 언어에 둘러싸여 내내 감탄사만 내뱉는 하루가 그립다. 온몸으로 느낀 자극과 에너지에 얼떨떨한 채로 잠드는 밤. 내일은 또 무슨 일이 펼쳐질지 기대를 품고 눈을 감는 밤. 그날이 오면 더 다양한 방식으로 여행을 기록해 봐야겠다. 마음을 붙드는 풍경이 있을 땐 카메라 대신 연필로 그림을 그려보고, 방문하는 카페에서 무료로 제공하는 커피 설명 카드나 스티커를 수집해야지. 자전거를 타고 달리며 영상으로 거리 곳곳을 담기도 하고, 또 어떤 날에는 우연히 만난 현지의 친구들과 서툴게 나눈 영어 대화를 녹음하는 거다.(들을 때마다 쥐구멍에 숨고 싶겠지만.) 돌아오고 다시 떠나고, 또 돌아올 때마다 점점 나에게 맞는 기록법이 추려질 테니 그때까지는 이 방법 저 방법 열심히 기웃대보기로. "남는 건 사진뿐"이라는 말은 이제 좀 집어치우자. 뭐라도 하면, 뭐든 남는다.

나를 키운 건
팔 할이 싫증과 환승

사람들은 믿지 않는다. 내가 축구를 좋아했다는 사실을. 비웃는 분들도 계신다. 썩 유쾌하지 않지만 내가 봐도 나와 축구는 안 어울린다. 직접 공을 차는 건 물론이거니와 TV 축구 중계도 안 볼 것 같이 생겼으니까. 하지만 나의 유년 시절을 기억하는 이들은 안다. 한때, 축구는 내 세계의 전부였다.

매일 공을 찼다. 한여름 뙤약볕에도 나갔다. 같이 할 사람이 없어 시합을 하지 못하는 날에는 홀로 슛 연습을 했다. 머릿속으로 전략을 짜고 시뮬레이션을 돌렸다. 혼자서 열심히 공을 차고 뜀박질을 하다 보면 어느새 동네 고등학생 형도 서른 살 아저씨도 자연스레 합류해 있었다. 우리는 공 하나와 골대 두 개를 두고서 한 시간 넘게 같이 땀을 흘렸다. 얼굴이 벌겋게 달궈져 집으로 돌아오던 길, 나는 처음으로 살아 있다는 느낌을 받았던 것 같다. 다음 날 또 나가서 공 찰 생각에 매일 밤 기분 좋게 잠들었다.

좋아하기만 한 게 아니다. 난 축구를 꽤 잘했다. 반 대표는 당연하고 동 학년 대표에 항상 꼽혔다. 매해 발표되는 베스트 일레븐 멤버는 월드컵이나 챔피언스리그에만 존재하는 게 아니다. 이리동남초등학교 흙바닥 운동장에서도 순위 경쟁은 치열했다. 그 치열함을 비웃어 주기라도 하듯 나는 한 번을 빼놓지 않고 베스트 중앙 미드필더로 선정되었다. 아무도 반박하지 못할 만큼 깔끔한 결과였다. 중원의 지휘자. 경기의 흐름을 읽고 공격 상황의 리듬을 이끌어 주는 마에스트로. 잉글랜드 프리미어리그의 명문구단 리버풀Liverpool FC를 벤치마킹해 만들어진 '니밥풀 FC'의 플레이메이커로서 나는 종횡무진 그라운드를 누볐다. 일곱 살 때부터 다닌 YMCA 축구 교실 얘기까지 꺼내면 진짜 안 믿을 것 같아서 이쯤에서 맺는다. 울산으로 제주로 서울로 전국 대회도 나가고 거기서 우승도 한 경험이 있다는 것까지만 알아두시길.

이는 딱 중학생이 되기 전까지 얘기다. 신기하게도 교복을 입은 이후로 축구는 내게서 멀어져 갔다. 공 차러 운동장에 나가는 건 물론 새벽까지 잠도 안 자고 해외 축구 경기를 보는 일도 급격하게 줄었다. 누구의 잘못도 아닌, 세상만사가 그렇듯 자연스럽게 흘러가 버린 일이다. 돌아보면 그야말로 불같은 사랑이었지. 떠나간 축구의 빈자리라고 표현하기 무색할 만큼 나의 관심사는 금방 다음 타자로 채워졌다. 그건 바로 음악이었다. 누군가 청소년 시절 즐겨듣던 음악이 평생의 음악 취향을 결정한다고 했던가. 맞는 것도 같고 아닌 것도 같지만 지대한 영향을 미치는 건 틀림없어 보인다. 내가 심취했던 음악은 크게 두 갈래로 나뉜다. 모던 록 그리고 한국 언더그라운드 힙합. 지금의 감성 대마왕을 있게 한 일등공신들이라 해도 과언이 아니다.

밴드 음악을 참 좋아했다. 다만 너무 세고 무섭고 괴상한 건 싫었다. 여린 감수성의 소유자라 쓰고 겁쟁이라 읽는 중2 김정현, 그의 가슴을 울리는 록은 데스메탈이 아닌 모던 록이었다. 영국의 콜드플레이Coldplay와 트래비스Travis, 한국의 넬 같은 밴드는 더할 나위 없이 이 겁쟁이의 마음에 쏙 들었다. 밝고 긍정적이기만 했던 나에게 운명처럼 다가온 쓸쓸한 음악. 덕분에 우울과 슬픔이라는 감정이 내 안에 선명하게 살아 있음을 생생히 느낄 수 있었다. 우울과 슬픔의 노래를 들으며 도리어 따뜻한 위로를 받을 수 있다는 놀라운 사실을 처음으로 알게 됐다. 몽롱하게 일렁이는 기타 사운드만으로도 나는 세상 모든 고민을 끌어안은 기분에 젖어 들었다. 진심을 담아 누르는 피아노 선율에 고민과 불안 따위는 말끔하게 씻겨 내려가는 듯했다.

힙합 사랑의 시작은 에픽하이다. 명반이라 불리는 1집과 2집 앨범을 밥 먹듯이 들었고, 무려 27곡이 담긴 4집 앨범은 거의 울면서 감상했다. 타블로가 거침없이 뱉어내던 시 구절들을 아직도 잊지 못한다.(시라고 표현해도 이상하지 않을 정도로 그의 문학적인 가사는 당시 충격 그 자체였다.) 자연스레 에픽하이가 속해 있던 힙합 크루 '무브먼트'의 다이나믹 듀오와 드렁큰 타이거를 듣게 되었고, 이는 한국 언더그라운드 힙합 신 전체에 대한 흥미로 확장된다. 그중에서도 내 마음을 강력하게 사로잡은 건, '소울컴퍼니'였다. 당시 언더그라운드 신의 자존심과도 같았던 힙합 레이블로, 거친 갱스터 힙합보다 '감성 힙합'을 선호하던 이들을 완벽히 사로잡은 집단이다. 청춘의 고뇌와 방황, 가난 속에서도 잃지 않는 자부심과 열망, 비겁한 세상을 향한 직설적이고 호기로운 시선… 자기 안의 깊은 철학과 짙은 감수성을 힘 있는 언어와 유연한 리듬과 세련된 멜로디로 표출하던 그들. 힙합과는 거리가 먼 삶을 살던 샌님에게도 그들의 음악은 통쾌한 해방감과 묵직한 위안을 동시에 선물해 줬다. 다행히 형들처럼 랩 스타가 되겠다고 홍대로 올라와 마이크를 잡는 일은 없었다. 열심히 반복 재생하며 이따금 나지막이 중얼거린 거, 그것만으로도 십 대 김정현의 힙합은 충분했다.

○

문제는 충분함의 유통기한이 생각보다 짧다는 거다. 불처럼 타올랐다가 언제 그랬냐는 듯 꺼지는 게 내 관심사였다. 나는 TV 보는 것도 진심으로 사랑했다. 토크쇼, 여행 예능, 쿡방, 드라마, 교양 프로그램까지 매일 5시간씩 TV 앞에 앉아 있어도 지겹지 않았다. 예술영화에도 난 아주 열렬했다. 의경 복무 시절 외출만 나왔다 하면 극장으로 달려가 평론가가 높은 별점을 준 작가주의 영화를 보곤 했다. 분명 이해 못 한 구석도 많았지만 〈씨네21〉 홈페이지에 접속해 관련 기사와 인터뷰를 찾아 읽는 게 그렇게 재밌을 수가 없었다. 박민규 작가의 소설과 빌 브라이슨 작가의 기행문… 내 사랑을 받을 존재들은 분야를 막론하고 도처에 널려 있었다. 그 사이에서 난 쉽게 좋아하고 쉽게 싫증 내고 쉽게 환승했다. 한 마리의 철새가 되어 여기에서 저기, 저기에서 거기로, 내 눈과 마음의 중심에 둘 대상을 수시로 옮겨 탔다.

나에게 '한 우물만 파라'는 말은 가장 지키기 어려운 말이다. 어쩌다 '덕후'는 가장 되기 힘든 사람이 되어 버렸다. 그러나 후회는 없다. 진득하게 한 가지를 즐기면서 변덕 부리지 말고 좀 버텨볼 걸 그랬나 하는 아쉬움은 없다. 깊이 대신 넓이를 얻었고, 전문성을 놓친 대신 유연성을 체득했으니까. 눈 감고도 알 수 있는 나만의 포트폴리오를 갖지는 못했지만, 언제든 고개를 돌려 확인하고 참고할 수 있는 열 개의 레퍼런스가 생겼으므로.

애정이 싫증이 되어 버리는 바람에 속절없이 식어 버린 마음을 떠올린다. 식어 버린 무수한 마음들에 감사를 표한다. 덕분에 이별을 결심했고 환승에 성공했다. 미련 같은 건 날려 버리고 금세 또 눈이 휘둥그레져서 새로운 사랑을 찾아 철새의 날개를 펼쳐볼 수 있었다. 파닥거리는 날갯짓, 복잡다단한 환승 경로보다 내 취향의 세계를 잘 보여주는 게 또 있을까? 헤픈 사랑과 재빠른 싫증과 뻔뻔한 기웃거림이 쌓이고 합쳐지고 어찌어찌 정돈된 게 2022년의 김정현인 것을. 언젠가 아빠가 해줬던 말이 있다. "아들, 나만의 우물을 파려면 하나를 깊게 파야 해. 그래야 오래 팔 수 있고 결국 제일 깊게 팔 수 있어." 다음에 아빠를 만나면 이렇게 말해줘야겠다. "아빠, 진짜

내 우물을 파려면 자주 고개 돌리고 수시로 위치를 옮겨 다녀
야 돼요."

얼굴을 기억하는 타고난 재능

나는 사람 얼굴과 이름을 잘 까먹지 않는다. 자신 있게 말할 수 있다. 우리가 처음 만나 형식적인 인사만 몇 마디 주고받더라도, 나는 다시 만날 때까지 당신의 얼굴과 이름을 기억할 거다. 학창시절부터 그랬다. 동급생 중에서는 모르는 사람이 없었다. 같은 반이 아니어도 상관없다. 말 한마디 섞었는지 안 섞었는지는 중요하지 않다. 핵심은 내가 저 친구의 얼굴과 명찰을 한 번이라도 봤느냐에 달려 있다. 학기 초 복도를 오가다 마주친다? 한 번 입력된 이상 졸업할 때까지 절대 잊어버리지 않았다.

서울에 온 이후로는 연예인을 정말 많이 봤다. 거리에서 잠깐 스치기만 해도 '어, 그 사람이다' 한 적이 셀 수 없을 정도다. 애초에 연예인들을 과하게 많이 아는 데다 얼굴까지 잘 알아보는 편이라, 민낯에 모자를 쓰고 편한 차림새를 한다 해도 내 눈은 피하지 못했다. 모른 척 지나가기도, 놀라서 빤히 쳐다보기도, 용기 내어 다가가 인사하기도 했지. 인플루언서뿐 아니라 SNS상에서만 종종 연락을 주고받은 이른바 사이버 친구들도 발견한 적이 적지 않다. 그때마다 인사를 해야 하나 말아야 하나 고민했다는 걸 여러분은 아시나요.

이 얘기를 꺼내면 다들 신기해한다. 게다가 부러워한다. '좋겠다, 나는 안면 인식이 진짜 안 되는데…', '나이가 들어서 그런지 이름을 자꾸 까먹어요.' 그럴 때마다 의아해지는 건 도리어 내 쪽이었다. 사람 잘 기억하는 게 그렇게 특별한 일이에요? 그저 특별한 게 아니라 귀중한 재능이라는 생각까지 들기 시작한 건 에세이 한 권을 읽고 나서였다. 한국 스페셜티 커피 1세대로 불리는 서필훈 '커피 리브레' 대표의 책,《커피를 좋아하면 생기는 일》이다. 그는 1년 중 삼 분의 일을 커피 산지에서 보내는 자신의 일을 '발굴'과 '복원'에 빗대어 설명한다. 커피 한 잔이 만들어지기까지 그 지난한 과정에 기여한 사람들의 존재를 발견하고 알리는 역할을 추구하기 때문이다.

"고고학자는 숨겨진 유적을 발굴해서 그 의미를 세상에 드러낸다. 그들은 산과 강으로, 정글과 사막으로 탐사를 떠나고 땅을 헤집는다. 고고학자는 잃어버린 시간을 되찾아 끊어졌던 이야기를 잇는 작가이자 오랫동안 잊힌 존재들의 얼굴을 복원하는 기술자다. 나도 그렇게 커피를 재배한 농부들부터 커피 가공소의 노동자, 커피를 항구까지 싣고 간 트럭 운전사, 항구 노동자와 배의 항해사, 커피를 볶은 로스터와 커피를 내린 바리스타까지를 '복원'해 보고 싶었다."

테이블 위에 놓인 이 커피는 어디 지역의 어느 농부가 재배하고, 또 어떤 과정을 거쳐 생산되었는가. 그 농부는 커피 열매를 재배하는 동안 어떤 일상을 살았을까? 이 커피의 공정에 참여한 사람은 자신이 바친 시간과 체력과 열정에 대한 정당한 대가를 받았는가. 하루도 안 빼먹고 커피를 마시면서도 전혀 알지 못했던, 애초에 알아보려 하지 않았던 이야기들. 숨은 커피의 얼굴을 꺼내놓기 위해 지구 반대편을 오가며 노력한 서필훈 대표 덕분에 나는 지금 여기의 내 일상이 누구와, 어떻게, 어디까지 연결되었는지를 돌아본다. 작은 머그잔 너머의 무수한 얼굴을 상상하고 고마워하며 마시는 커피는, 더 맛있을 수밖에 없다.

○

    '스튜디오 카스카'를 운영하는 김선혁 필름메이커는 영상이라는 매개를 통해 사람들의 얼굴과 이름을 전달한다. 그는 브랜드 다큐멘터리부터 순수예술 전시, 뮤직비디오 등 장르를 넘나들며 특유의 깔끔하고 정제된 톤으로 격조 높은 영상을 만들어내는 감독이다. '격조 높다'는 표현을 쓴 데는 이유가 있다. 김선혁은 과도한 장치나 현란한 효과 대신 화면 속 인물과 공간이 품은 아우라를 있는 그대로 묘사한다. 특히, 브랜드를 홍보하는 브랜드 다큐멘터리의 경우 상업 영상임에도 그는 브랜드가 가진 본연의 가치와 스토리를 설득력 있게 담아낸다. 영상에 등장하는 브랜드 구성원들의 표정 하나하나가 무척 생생해서, 그들이 일과 브랜드에 갖는 태도와 생각을 이야기할 때면 귀 기울일 수밖에 없다. 마침 2년 전 그를 인터뷰할 좋은 기회가 있었다. 팬심을 1도 숨기지 못한 채 나는 질문을 던졌다. "어떻게 그렇게 담백하고도 몰입도 높은 영상을 만드세요?"

    "저한테는 클라이언트가 되게 신기한 존재예요. 이 일이 아니었으면 만날 수 없는 사람들이니까. 완전히 미지의 영역인데,

또 작업을 대하는 자세나 살아온 과정을 들어보면 동질감을 느끼기도 해요. 이 브랜드를 만든 사람들의 실제 모습이 저한테 흥미롭게 다가오니까 화면에도 생생한 표정들이 담기는 거겠죠? (…) 저같이 생산자와 소비자 사이에서 광고를 만드는 전달자는 억지로 '드러내기' 보다 그들 스스로 '드러나기'를 돕는 게 중요한 것 같아요."

억지로 드러내기보다 그들 스스로 드러나게끔 돕는 것. 한 발 뒤로 물러서서, 스포트라이트를 받아야 할 이의 얼굴을 관찰하고 이야기를 경청하는 것. 창작과 발화에 대한 열망 대신 묵묵히 듣고 충실히 옮기려는 고집이 전해지는 그의 영상 역시 복원과 발굴의 가치를 상기시켜주는 귀한 레퍼런스다.

내 소소한 기억력도 그 가치를 이어갈 수 있을까? 타인의 고유한 얼굴과 고유한 이름을 기억하는 나. 그냥 지나쳐 버릴 수도 있었던 60억분의 1을 쉽게 잊지 않는 나. 누군가의 유일한 표정을 마찬가지로 유일한 내 눈으로 찍고, 그만의 목소리를 나만이 가진 귀로 녹음한다. 그건 하나의 사건일지도 모르겠다. 누군가에겐 서서히 지워져 가는 사람, 아니 애초에 발견조차 되지 않은 존재를 나는 정확히 목격하고 선명하게 기억하니까. 그리고 이따금 떠벌리는 거다. 늘 그렇듯 호들갑을 떨어가면서. 이 사람이 여기 있다! 그를 아는 내가 있다!

요컨대 내 재능은 재평가가 시급하다. 아무도 모르는 특별한 가능성을 가진 게 분명하다. 타인을 호명하는 능력. 머쓱하게 불려 나온 이의 이야기를 또 다른 누군가에게 열심히 소개하고 전달하는 능력. 그에겐 생기지 않았을지도 모를 작은 자리를 마련해 주는 능력. 얼마든지 더 멋진 방향으로 발전할 수 있을 것이다.

—

서필훈, 《커피를 좋아하면 생기는 일》, 문학동네, 2020년.
'거짓말하지 않을 것', 〈The ICON tv〉, 2018년 7월.

텔레비전에 내가 나왔으면
정말 좋겠네

종종 MBTI를 소재로 한 콘텐츠를 본다. 16가지 유형이 가진 각기 다른 특징을, 구체적인 예시와 함께 설명한 것들. 곧이곧대로 믿는 건 아니지만 공감이 가기도 하고 새로운 사실을 알게 될 때도 있어 흥미롭게 보는 편이다. 최근에 격하게 끄덕인 내용이 하나 있다. 나와 같은 INFP 유형의 사람들은 쓸데없는 공상에 빠질 때가 많다는 거다. 워낙 잡생각도 많고 감상적인 유형이다 보니 남에게는 들려주기 부끄러운, 나만의 망상의 나래를 펼치는 걸 즐긴다나. 그중에서도 꽤 많은 INFP들이 조심스레 고백한 사실이 하나 있다. "텔레비전에 내가 나오는 상상을 해본 적이 있어." 신기했다. 어린 시절부터 지금까지 이어져 오고 있는 유서 깊은(?) 공상이 나만의 것이 아니었다니. 사람들 대부분은 텔레비전에 출연할 일이 거의 없다. 하지만 나는 진지하게 생각한다. 내가 저 프로그램에 나가게 된다면? 갑자기 인터뷰를 하고 싶다고 섭외 연락이 온다면? 대다수가 아닌 특별한 소수에 끼고 싶은 철없는 마음이 여지없이 작동한 걸까. 타고난 관종력을 인정해야 하는 걸까. 아무튼 진심으로 원한다. 한 번쯤은 꼭 텔레비전에 내가 나왔으면 좋겠다. (나쁜 뉴스만 아니라면.)

　의외로 그 꿈은 쉽게 이뤄질 뻔했다. 재학 중인 고등학교에서 〈도전 골든벨〉을 촬영한 것이다. 100명의 학생들이 총 50문제에 도전하는, 무려 20년을 넘게 방영한 전통 있는 퀴즈 프로그램이었다. 나도 참가했다. 촬영 소식을 듣자마자 행복 회로를 풀가동하던 그 시절의 나를 떠올리니, 얼굴이 화끈거린다. 당시 학교에서 공부를 잘하는 축에 속했던 데다 스스로를 문과 상식왕이라 여기고 있었으므로 기대를 품을 수밖에 없었다. 상상에서만큼은 이미 최후의 1인은 물론이고 골든벨까지 화려하게 울리고도 남았지. 마지막 인터뷰 때 뭐라고 말할지까지 고민하던 섣부른 김칫국이 문제였을까. 결과는 3번 문제 탈락. 무슨 동요 가사 한 줄을 맞추는 문제였는데 그걸 틀렸다. 인터뷰는커녕 앉아서 열심히 문제 푸는 모습조차 화면에 잡히지 않았다. 단 1초도 말이다. 허무하게 좌절된 텔레비전 출연의 꿈. 어쩌면 그게 시작이었을지도 모른다. 그래, 언젠가 훨씬 인기 많고 재밌는 프로그램에 위풍당당한 모습으로 등장하리.

가장 출연하고 싶은 프로그램은 tvN의 간판 예능 프로그램 〈유퀴즈 온 더 블럭〉이다. 현실적으로 가장 확률이 높(?)기도 하다. 방송 자체가 길거리에서 만난 보통 사람들의 이야기를 듣는 콘셉트이기 때문이다. 유재석과 조세호 두 명의 MC가 전국 방방곡곡을 다니며 거리의 다양한 사람들과 담소를 나누고 말미에 간단한 퀴즈를 낸다. 무대는 내가 사는 서울 은평구가 될 수도, 본가가 위치한 전북 익산이 될 수도, 한강공원이나 부산 해운대, 제주 서귀포가 될 수도 있다. 촬영이 진행되는 동안 우연히 그곳을 지나게 된다면 나 역시 출연할 가능성이 생기는 것이다. 이 프로그램이 크게 사랑받은 건 주변의 평범한 사람들이 주인공이 되어 보편적이면서도 특별한 이야기를 들려준 덕분이다. 나라고 못 할 게 없다. 엄청 떨리긴 하겠지만 묻는 말에 잘 대답하고 평소 생각들을 툭 꺼내 놓기만 하면 된다. 내가 하는 일, 지금 갖고 있는 고민, 나라는 사람이 잘 드러나는 취향과 잡다한 에피소드 같은 거. 섬세하고 사려 깊은 유재석의 질문과 유쾌하고 편안한 조세호의 리액선을 지지대 삼아 자신 있게 말할 것이다.

한 가지 변수는 코로나 이후로 방송 포맷이 다소 바뀌었다는 거다. 길에서 우연히 마주친 사람이 아니라 사전에 섭외된 인물과 실내에서 대화를 나눈다. 연예인 혹은 특정 분야에서 특출 난 사람들이 주를 이루는 것도 어쩔 수 없는 부분이다. 그럼에도 다채로운 삶의 궤적을 그려온 이들의 이야기를 들을 수 있다는 건 여전하니, 나 또한 고유한 이야기를 품은 사람으로 조명될 여지가 충분히 있지 않을까. (더 미친 듯이 열심히 산다는 전제를 덧붙여 본다.)

집에서 유튜브를 보고 있는데 섭외 전화를 받게 된다면 어떨까? 코로나 종식 후 회복된 일상을 살다가 어느 날 거리에서 유재석 자기님이 말을 걸어온다면. 충격과 기쁨도 잠시, 엄청 긴장할 것 같다. 정말 잘하고 싶어서. 두 MC의 격한 반응을 이끌어 내고 싶고, 유튜브에서 "저 사람이 하는 얘기, 정말 인상적이네요" 같은 댓글을 보고 싶다. 방송을 본 주변 사람들이 "네가 이런 생각을 하고 사는지 몰랐다, 정말 멋있다"며 보내오는 새삼스러운 연락을 즐길 준비가 돼 있다. 〈유퀴즈〉 출연을 일종의 성공 지표로 여기는 부모님의 어깨를 하늘 높이 올려드릴 생각을 하면 벌써 효자가 다 된 기분이다.

○

성공 얘기 나왔으니 말인데, 시원하게 하나 더 고백한다. 하다못해 나는 수상 소감까지 상상해 봤다. 배우 혹은 가수로 연말 시상식에 참석해 레드카펫을 걷고 영예로운 상까지 받는 나. 모두의 축하를 받으며 마이크 앞에 선 뒤 잠시 숨을 고르고 입술을 뗀다. 대표님, 이사님, 감사합니다. 부장님, 과장님, 원장님, 이장님, 감사합니다…. 아, 이게 아니지. 빤한 레퍼토리는 싫다. 시상식을 볼 때마다 내가 상 받으면 진짜 멋있는 수상 소감 남길 거라고 다짐했는데. 유쾌함과 진중함이 함께 전해지는 깔끔한 스피치를 마치고 옅은 미소를 띤 채 퇴장하는 거다. 스태프들이 다 차려 놓은 밥상을 그저 맛있게 먹었을 뿐이라는 레전드 소감에는 못 미치더라도 유튜브에서 회자되는 수상 소감 모음집에는 들어갈 수 있기를.

온종일 브라운관 속 사람들을 구경하고 동경하던 '테레비' 키드가 어느새 화면 너머로 자신의 모습을 그려본다. 소파에 누워 귤 까먹으며 시청하던 프로그램에 내가 주인공이 되어 출연한다면. 내 이야기를 직접 신나게 떠들어볼 수 있다면. 나만 아는 이야기를 내 말투와 목소리로 전하고 싶을 때마다 나는 TV에 나오는 상상을 한다. 그 상상에 그럴듯한 디테일을 더하다 보면 구체적으로 무슨 얘기를 하고 싶은지, 듣고 싶은 반응은 어떤 건지, 다른 이에게 나는 어떤 모습으로 비치고 싶은지 따위를 곱씹어 볼 수 있다. 관종력으로 똘똘 뭉친 이 욕망은 아직도 유효하기에 공상의 세계에서 빠져나오기란 요원해 보인다. 잠이 오지 않는 깊은 밤이면 어김없이 낮에 본 다시보기 영상들이 떠올라 버리니까. 그러면 곧바로 내가 들려주고 싶은 무수한 이야기들이 뒤따라올 테니까 말이다.

나를 위해 나를 배신하는 일

　나는 보수적이었다. 지금도 완전 아니라고는 못 하지만 예전에는 더했다. 여러 영역에 걸쳐 다채롭게 보수적이었지. 그중에서도 시각적인 요소, 특히 패션 스타일 면에서는 과장 조금 보태 흥선대원군과 맞먹을 정도였다. 누군가에겐 별거 아닌 사소한 것이라도 나에게는 꽤나 커다란 별거처럼 보였다. 조금이라도 튀는 건 안 된다. 한껏 유난 떨며 꾸민 것처럼 보이는 건 금물. 이제 와 생각하면 남 눈치를 너무 심하게 봤던 것 같기도 하다. 앵무새처럼 부르짖은 "깔끔하고 무난하게". 깔끔이고 무난이고 그냥 꽉 막힌 찌질이었다. 지금도 아니라고는 못 한다.

액세서리를 싫어했다. 보통 싫어한 정도가 아니라 '극혐' 했다. 종류별 예외는 없다. 반지도, 목걸이도, 귀걸이도, 팔찌도, 피어싱도. 귀와 목과 손에 치렁치렁 매달고 다니는 모습이 그렇게 꼴 보기 싫을 수가 없었다. 거추장스러운 거 하지 말고 단정하게 다녀야지. 잡다한 거 말고 매끈하고 심플한 느낌으로 차려입고 싶어. 시도할 줄 몰라서 못 했다는 것도, 어울리지 않아서 안 했다는 것도 다 맞다. 그러나 세월 앞에 장사 없는 걸까. 패션 흥선대원군도 세월을 겪으며 많이 달라졌다. 편집숍만 가면 액세서리 코너에서 눈을 못 뗀다. 괜히 손가락에, 귓바퀴에 가져다 대고 거울을 들여다본다. 주얼리 아이템을 절묘하게 활용하는 패션 피플들을 볼 때마다 감탄을 내뱉는다.

변화는 H를 만나면서부터 시작됐다. H는 귀걸이를 좋아한다. 링, 진주, 테슬 등 종류도 다양할뿐더러 화려하고 과감한 디자인의 제품도 자주 착용하는 편이다. 콩깍지가 단단히 씌였던 탓이겠지? 모든 액세서리를 거부하던 내 눈에도 H의 귀걸이는 처음 봤을 때부터 예뻤으니까. 멋있다고 생각했다. 생김새와 화장법과 입은 옷이 조화롭게 어우러지는 차림새여서인지 그제서야 비로소 액세서리를 패셔너블한 요소로 인식하기 시작했다. 혐오는 사랑을 이기지 못하고, 사랑은 앎으로

부터 출발한다. 역시 뭐든지 익숙해지는 게 중요한 법. H와 함께하는 시간이 길어질수록 액세서리를 향한 날 선 마음이 많이 누그러졌다. '음, 잘만 착용하면 나쁘지 않군'에서 점점 '오, 멋있는데?'로 발전하다가 나중에는 '아, 나도 하고 싶다'의 상태로까지 넘어왔다. 심지어 코 피어싱을 해보고 싶단 생각까지 들었다! 이십 대 초반의 취향과 스타일 — 칙칙하고 재미없고 지루하지만 정작 본인은 깔끔하고 무난하다고 착각하는 — 을 떠올리면 상상도 못 할 대격변이다. 아마 내가 귀를 뚫고 집에 가면 부모님 두 분 다 기겁을 하실 거다.

아직 귀는 안 뚫었지만 반지는 낀다. 몇 주 전 처음으로 샀다. 참고로 반지는 목걸이나 귀걸이보다도 안 예쁘다고 생각한 액세서리다. 손가락에 뭐가 끼워져 있는 게 왜 그렇게나 별로였는지. 반지만큼은 절대 착용하고 싶지 않아서 여태껏 그 흔한 커플링 하나 맞춘 적이 없다. 나중에 결혼반지 대신 어떤 예물을 해야 하나 혼자 김칫국 한 짝 들이켰다는 사실은 비밀이다. 지금은 다르다. 한 브랜드에서 구입한 첫 반지가 너무 예뻐서, 끼고 난 후에도 시도 때도 없이 검지를 들여다본다. 얇은 링 형태의 가장 기본적인 모델을 사려다 대표님의 추천으로 2만 원 더 주고 좀 더 굵은 사각형 디자인을 택했다. 넓적한 단면에 미세한 굴곡이 있어서 움직일 때마다 다른 빛이 반사되는 게 포인트. 고민 엄청 하다 고른 건데 대표님 추천이 신의 한 수였다. (호갱 아니니까 걱정 마시라.) 진즉 살걸. 이제 는 나머지 아홉 손가락이 허전해 보인다. 저번에 사려던 얇은 링을 약지에 끼면 밸런스가 잘 맞겠지? 다른 편집숍에서 봤던 체커보드 패턴 세라믹 반지도 엄청 귀엽던데. 큰일 났다. 돌아 올 수 없는 강을 건넌 기분이다.

○

취향은 변한다. 나는 나를 배신한다. 과거의 나를 버리고 전향(?)하게 되는 순간들이 꾸준히 쌓인다. 신선한 충격을 안 겨주는 특별한 계기를 만날 때도 있지만 어떤 경우에는 그저 물 흘러가듯 자연스럽게 변화를 맞기도 한다. 그렇게 피자와 버거와 돈가스만을 부르짖던 꼬맹이는 된장찌개와 파김치만 있으면 감동의 눈물을 흘리면서 밥 한 그릇 뚝딱 해치우고, 부 쩍 추워진 날에는 조건반사마냥 시래기 팍팍 넣은 감자탕을 떠올리는 K-으른이 되었다. 검은색과 남색과 회색만 바라보 던 무채색 귀신은 보라색 후디를 입고 빨간색 컨버스를 신고 분홍색 트랙 팬츠에 입맛을 다시는 레인보우 요정이 되어가 는 중이다.

사실 바뀌는 나를 보는 게 기쁘다. 전에 없던 내 모습을 목격하며 깜짝 놀라는 느낌이 낯설고 재밌다. 의외의 취향을 발견할 때마다 그게 다 내 영역이 넓어지는 중이라 생각하면 세상 뿌듯해진다. 단단히 뿌리 내린 확고한 취향이 멋진 만큼, 끊임없이 확장하고 변신하는 유연한 취향도 매력적이니까. 이것저것 다 흡수하고 따라 하며 피곤하게 살 생각은 없지만, '난 이런 사람이야'라고 지레 단정하며 같은 자리에 고여 있고 싶은 마음은 추호도 없다. 한번 지켜볼 생각이다. 내 눈과 귀와 입과 마음이, 다음에는 또 어디로 향하는지. 천천히 기다려 주고 또 느긋하게 따라가다 보면 예상치 못한 즐거움이 기다릴 테니 말이다.

앞으로 금기어는 '내가 감히'. 어제의 나를 자유롭고 유쾌하게 배신하겠다. 끊임없는 배신과 변화와 확장을 다짐하며, 나도 한 번 클리셰 덩어리 대사를 외쳐본다. 나다운 게 뭔데.

왜 무안을 주고 그래요

왜 무안을 주고 그래요

승부욕, 그게 뭐예요? 어렸을 때부터 그랬다. 이기고 지는 일은 나에게 별 상관이 없었다. 축구가 삶의 전부라고 여기던 시절에도. '와, 진정으로 스포츠를 즐기고 사랑하는 사람인가 봐'라고 생각할지도 모르겠다. 그것도 틀린 말은 아니지. 나는 공놀이 자체를 좋아했다. 공을 내 발에 두고 이리저리 굴리고, 패스하고, 슛을 차서 골대에 넣는 행위 자체를 즐겼으니까. 실력이 느는 모습을 발견할 때마다 기뻤고, 팀원들과 완벽하게 합이 들어맞는 마법 같은 순간을 경험할 때마다 짜릿했다. 축구를 더 능숙하고 재미있게 하는 게 중요했지, 시합의 승패 따위는 내게 큰 문제가 아니었다. 이기고 지는 것 따위로

(83)

얼굴 붉히고 언성 높이고 팀원 나무라는 친구들을 오히려 싫어했다.

하지만 '즐겜러'로서의 면모 유지보다 더 큰 이유가 있다. 패배한 상대방의 속상한 모습을 보는 게 싫다. 차라리 내가 져서 분한 게 낫지, 내가 가뿐히 눌러 버린 사람이 기죽고 속상하고 울적해 하는 모습을 보는 건 정말 곤혹스럽다. 나한테 아무도 뭐라 안 했는데 지나치게 머쓱하다 괜히 죄책감까지 느낀다. 특히 그게 나와 상대의 일대일 승부라면 죽을 맛이다. 자신만만해하며 거들먹거리던 놈을 내가 이겨 버린다? 지켜보던 주변 사람들이 승리자가 된 나에게 환호를 퍼붓는다? 세상을 찌를 듯 솟아 있던 그의 어깨는 순식간에 급하강하고, 그의 동공은 사시나무처럼 가파르게 떨린다. 이 신명 나는 승리의 순간을 즐기며 축배를 들면 될 테지만 나는 그때마다 신을 원망하곤 했다. 하늘도 무심하시지. 왜 이런 시련을 주시나이까. 하다 하다 가위바위보 내기에서 이기는 게 싫을 때도 있었다.

승패가 결정 나는 경기가 아니라도 그렇다. 그냥 누가 내 앞에서 민망해하는 모습 자체를 견디지 못한다. 무안한 상황이 벌어지면 내 잘못이 아닌데도 가시방석에 앉은 듯 불편해진다. 대체 왜 이렇게 생겨 먹은 걸까? 최대한 좋게 봐준다면 타인에 대한 배려가 넘치는 것일 테고, 냉정하게 따진다면 타인의 눈치를 과하게 보는 것일 테다. 누군가 나로 인해, 혹은 다른 무엇 때문에 상처받고 기분이 상하는 모습을 목격하고 느끼는 게 너무 힘들다. 나는 참 피곤하게 사는 사람이다.

리액션을 열심히 하는 것도 비슷한 이유일까. 한자리에 모인 사람들의 말 하나하나에 집중하고 풍부하게 대답하고 반응하려 노력한다. 사실 크게 의식하고 노력하지 않아도 평균 이상은 되는 것 같다. 천성이다. 섬세하다는 얘기는 못 들어도 다정하다는 얘기는 종종 들었다. 의식하지 못할 때조차 이미 몸이 알고 움직이고 있다. 이 자리에서 누구도 힘들고 불편하면 안 된다. 소외되거나 배제되지 않게, 힘들더라도 애 좀 써라. 어차피 김정현 너부터 못 견딜 거잖아.

이런 내가 정말 이해할 수 없는 부류의 사람이 있다. 보기만 해도 치를 떨게 되는 거 보면 천적이라 칭해도 되겠지. 그들은 툭하면 이런 말을 뱉는다. "난 별로.", "아닌데?", "글쎄…" 아, 그 특유의 표정이 떠올라서 쓰면서도 짜증 난다. 뭐 대단한 이야기냐며 대화의 맥을 끊고, 초를 치고, 세상 시니컬하게 반응하는 부류. 미스터 맥 커터 앤 미스 초치리스트. 앞에 앉은 사람 기분은 생각도 안 하고 위악적인 냉소만 부려대는 시니컬 딴지쟁이들이 나는 싫다. 대개 이런 식이다. 셋이 모인다. A가 얘기를 꺼낸다. 최근에 깊은 인상을 받았던 것에 대해. 좋아서 얘기하는 거니까 당연히 신이 나겠지.

"나는 원래 이러이러한 데 관심 많거든? 근데 저러저러한 계기로 이걸 알게 된 거야. 처음엔 별 느낌 없었는데 보면 볼수록 감동적이더라. 아, 내가 어떤 부분에서 감동을 받았냐면 쏼라쏼라, 그리고 또 이런 포인트도 있…"

"음, 난 진짜 별로."

"어…?"

(찰나의 침묵.)

"그거 완전 별로라고. 사람들이 왜 좋아하는지 모르겠네."

"…"

싸늘하다. 가슴에 비수가 날아와 꽂힌다. 친구들에게 좋은 걸 알려주고 싶었던 A의 표정은 짜게 식어가고, 그 옆에서 속이 타들어 가는 나는 애써 웃으며 마음에도 없는 말을 던진다. "어~~ 맞아! 그거 나도 봤는데… 진짜 좋더라~! ^^" 사실 어색한 거 티 난다. 그들은 대체 왜 그러는 걸까. 기분 좋게 얘기하고 있는데 굳이 김 팍 새게 만드는 건 뭐냐고. 물론 그의 감상에 동조하지 않을 수 있다. 굳이 맞장구를 쳐줘야 할 의무도 없다. 표현 방식도 사람마다 다 다른 거니까. 모두가 나처럼 배려심이 넘치는 건 아니고, 모두가 나처럼 남 눈치를 많이 보는 것도 아니다. 누군가에겐 나 같은 스타일이 이해할 수 없는 애, 마주치고 싶지 않은 천적일 수도 있다.

그렇지만 구태여 그를 무안 줄 필요까지 있나 싶은 거지. 알지도 못하면서 말 툭툭 끊는 거, 좋은 걸 나누고 싶은 마음을 무시하고 업신여기는 거, 무례하다고밖에 느껴지지 않는다. 정확히 본인이 그 상대의 입장이라면 기분 상한 티 엄청나게 내고 씩씩거릴 거면서. 아마 맥 커팅 앤 초치기의 기저에는 모종의 우월감이 깔려 있지 않을까. 내가 너보다 잘 안다고. '네가 생각하는 거, 그거 아니야.', '애, 왜 이렇게 순진하니!', '내가 조언 하나 해줄 테니까 잘 들어봐~' 응, 듣고 싶지 않다. 유튜버 레오제이 씨의 명대사로 시원하게 받아쳐 주고 싶다. "너, 뭐 돼…?" 대체 뭐 어떤 존재씩이나 되길래 그렇게 남의 호의를 무시하면서 혼자 잘난 맛에 사는 건가. 당연히 잘난 맛 하나도 안 느껴지고 그냥 밥맛이다.

모두가 잊지 않았으면 좋겠다. 냉소로 일관하는 태도는 머지않아 주변을 휑하게 만든다고. 다 별로고, 다 됐고, 다 관심 없다는 말이 쌓이고 쌓이다 보면 환영과 경청과 공감이 만드는 다정하고 따뜻한 기운 같은 건 찾아보기 힘들 거다. 가까운 이들과 좋아하는 걸 나누고자 하는 마음, 그 긍정의 감정을 기꺼이 주고받을 때 전해지는 밝은 에너지를 지레 밀어내지 않기를 바란다. 혼자 남고 싶지 않다면 말이다.

물론 나도 잊지 말아야지. 제발 남 눈치 좀 덜 보자. 정작 당사자가 괜찮다는데 나 혼자 오지랖 부리는 거 역시 되게 멋없다. 그렇게 눈치 봤으면서 결과적으로는 눈치 더럽게 없는 사람 되는 거지. 함께하는 사람에 대한 다정한 마음은 잃지 않되, 한 발짝 떨어져서 살피는 연습이 필요하다. 티 안 나게, 묵묵히, 섬세하게. 평생을 이렇게 살아왔는데 쉽게 바뀔지는 모르겠다. 어쨌든 나도 혼자 남고 싶지 않은 건 마찬가지니까.

요즘 직장인들은 두 가지 말을 입에 달고 산다고 한다. 나 퇴사할 거야, 나 유튜브 할 거야. 개인적 경험에 빗대어 하나를 더 추가하고 싶다. 나 진짜 내 아지트 만들 거야. 취향껏 꾸미고 주변 사람들도 초대해 마음껏 놀 수 있는, 나만의 공간을 가질 거야. 이는 다름 아닌 내 희망 사항이다. 내 공간을 갖고 싶다. 집으로는 성에 안 찬다. 집이 아닌 제2의 사적 공간이 필요하다. 집이 지겨울 때 언제라도 도피할 수 있는 곳. 이따금 관대한 마음으로 친구들에게 빌려줄 수도 있는 곳. 물론 지금은 상상 속에만 존재할 뿐 진지하게 실천할 생각은 아니다. 제대로 된 월세방 하나 구하는 것도 너무 힘든 일이라, 아지트고 나발이고 신경 쓸 여력이 없기 때문이다.

　상업 공간 취재를 다니다 보면 가게 사장님들 중 몇몇 분들이 비슷한 이야기를 한다. 이 가게는 내 개인 공간을 갖고 싶다는 욕망에서 출발했다고. 사업을 크게 벌여 확장해야겠다는 거창한 포부 대신, 내가 편히 쉴 수 있고 내가 즐겁게 놀 수 있는 공간을 갖고 싶다는 작은 바람에서 장사를 시작했다는 거다. 바람을 구체화하는 과정에서 현실적인 이유와 생각의 변화로 인해 지금의 모습을 갖추게 됐을 뿐. 그럼 나도 한번 비슷하게 해볼까? 월세는 조금씩 커피 팔아서 충당하거나 에어비앤비로 어떻게 해볼 수 있을 것 같은데. 어쨌든 마음 한구석에는 카페를 해보고 싶다는 욕망도 있었으니까. 혹은 하다 보면 생각지도 않은 다른 방식의 상업 공간으로 확장될 수도 있을 것이다. 그러나 이쯤 생각하다 마음을 접는다. 멍청한 소리다. 현실을 잊으면 안 된다. 신경 쓸 게 얼마나 많은데. 이야기 나눈 가게 사장님들 중에 후회까진 아니어도 차마 말 못 할 고초를 겪으시는 분들이 많다. 경험도, 장사 수완도, 자본도 없는 내가 내 공간 하나 갖고 싶다고 안일하게 일을 벌이는 건 제 발로 불구덩이에 들어가는 격이다.

　그래서 더더욱 이런 상상에 빠질 수밖에 없다. 만약 상업적인 요소를 1도 고려하지 않아도 되는 상황이 주어진다면? 그걸 누가 주는지는 모르겠지만 아무튼 월세도 들지 않고, 내 맘대로 할 수 있는 나만의 온전한 아지트를 가질 수 있게 된다면 나는 어떻게 할 것인가. 툭하면 모든 악조건을 배제한 기분 좋은 망상에 빠지는 게 내 전문이다. 이 종족 특성을 피할 수는 없고, 떠오르면 그저 즐기면 된다. 최대한 푹 젖어들어서, 진지하게. 내 소중한 아지트를 어떻게 꾸밀 것인가. 어떤 콘셉트와 인테리어를 추구할 것인가? 어떤 기능과 어떤 콘텐츠를 채워 넣을까.

먼저 아지트를 갖고 싶은 이유부터 정리해 본다. 뭐든 목적이 바로 서야 이후가 술술 풀리는 법이니까. 이유는 크게 세 가지다. 첫째, 집 외에 맘 편히 들락날락하며 쉬거나 놀 수 있는 공간이 있었으면 좋겠다. 요즘엔 집이라는 공간을 '레이어드 홈'이니 뭐니 하며 여러 기능과 이벤트들이 압축된 공간으로서 재조명하고 있다. 당연히 잠자는 것 외에도 다양한 일들이 벌어질 수 있도록 조건을 갖춰 놓으면 편하겠지. 그래도 과한 건 싫다. 완전히 무장 해제된 채, 어떠한 부담도 없이 쉴 수 있는 보금자리 역할이 최우선이다. 그걸 방해할 정도로 집에 무언가가 들어차는 건 싫고, 그래도 욕심 많은 나는 이것저것 해보고 싶은 게 많으니, 대안으로 제2의 공간이 필요하다. 둘째, 온전히 내 취향을 녹여낸, 다른 누구보다도 내가 가장 마음에 들어 하는 공간을 갖고 싶다. 첫 번째 이유와도 연결되는 부분이다. 당연히 내가 머무는 집에도 내 취향은 투영될 거다. 다만 '편안한 쉼'이라는 주요 가치와 '내가 좋아하는 취향' 사이에는 어느 정도 상충하는 부분이 있다. 집에서만큼은 전자가 우선시 되어야 하며, 그렇다면 아지트는 후자의 욕망을 해소할 수 있어야 한다. 내가 좋아하는 것들을 모두 때려 박아서 보고만 있어도 흐뭇해지는 공간. 한 번 방문하기만 해도 나라는 사람의 분위기가 대충 어떤지 파악되는, 말하자면 김정현의 컬렉션 같은 공간. 그게 바로 아지트다. 마지막으로 셋째, 사람들을 불러 즐거운 시간을 보낼 수 있어야 한다. 아지트가 있다면 초대하는 입장이나 초대받는 입장이나 집보다는 부담이 덜할 거다. 심지어 층간소음 따위 걱정하지 않고 마음껏 먹고 마시고 떠들 수 있다니! 요즘같이 밖에서 모이기 부담스러운 시대에 이렇게 안전하고 쾌적한 만남의 장소가 또 어디 있을까.

당위는 확보됐으니 본격적인 이야기로 들어가야겠다. 부동산을 따졌을 때 상가 건물의 2층 정도면 적당할 것 같다. 1층은 행인들이 카페나 술집으로 알고 들어오려는 경우가 왕왕 있을 테니 패스. 대로변이 훤히 내려다보이는 큰 창이 있어 채광이 좋고, 층고가 높아 개방감이 느껴지면 오케이다. 평수는 15평 정도, 따로 방이 있거나 공간이 분리될 필요는 없다. 단, 반드시 개별 화장실이 실내에 딸려 있어야 한다.

인테리어 컨셉은 LA나 포틀랜드에 있는 활기 넘치는 카페들을 모티브로 한다. 물론 두 도시 다 안 가봤지만 어디서 주워들은 이야기와 상상 속에 존재하는 이미지로 충분하다. 핵심은 다음과 같다. 전체적으로는 나무 소재를 중심으로 따뜻하고 아늑한 분위기를 주되, 곳곳에 알록달록하고 위트 있는 포인트를 채워 넣을 것. 하얀 벽과 천장에 다양한 톤의 목재 가구들로 기본을 잡아놓은 상태에서 공간에 활력을 넣어줄 개성 강한 포스터와 소품들을 구석구석 배치한다. 미니멀리즘보다는 맥시멀리즘을 선호하는 나의 취향을 적극 반영해야지. 브라운 계열의 대형 가죽 소파를 둬 편하게 앉거나 누울 수 있도록 하고, 협탁이 놓이는 자리에는 귀여운 러그도 깔아 놓는다. 거기에 감당할 수 있는 선에서 초록 식물들도 들이고, 이국적인 감성을 물씬 풍기는 빈티지 소품들도 활용할 거다.

김정현 아지트에서만 체험할 수 있는 것도 마련해야지. 우선 호스트인 내가 정성스레 커피를 내려준다. 꼭 해보고 싶은 것 중 하나가 근사한 커피 브루잉 바를 구비하는 것이다. 크고 화려하지 않아도 상관없다. 한구석에 공간을 따로 마련해 마치 바리스타처럼 커피를 내려 제공할 거다. 커피 바에 이름도

붙여 포스터로 크게 뽑아 둘 생각이다. 아지트를 가득 채울 신선한 커피 향을 상상하면 벌써 기분이 좋다. 음악 감상도 언제든 가능하다. 하이파이 오디오 시스템까지는 아니어도 적절한 수준의 블루투스 스피커와 턴테이블이 준비돼 있다. 혼자서 소파에 누워 몰입하거나, 여럿이 테이블에 둘러앉아 와인을 마시며 들으면 좋겠지. 소규모로 모여 음악 감상하는 시간을 가져보면 어떨까 생각했는데 내친김에 내 아지트에서 비정기 모임을 진행해 보는 것도 고려해야겠다. 뮤직비디오나라이브 클립도 같이 볼 수 있게 빔 프로젝터도 시일 내에 구매하는 걸로.

허무맹랑한 상상일 뿐인데도 이렇게 주절주절 얘기가 많다. 나 정말 아지트에 진심인가 봐. 내 공간을 갖는다는 생각만으로 신이 나서 아이디어가 술술 솟아난다. 새삼 일종의 기회라는 생각이 든다. 나의 취향과 욕심을 오롯이 녹인 공간을 가질 수 있다는 거. 그 공간에서 휴식하고, 사색하고, 만나고, 환대하고, 창작할 수 있다는 것. 그렇게 내가 만든 공간에 오갈 이야기와, 쌓일 추억과, 벌어질 재미난 일들까지 따지면… 정말이지 살면서 한 번쯤은 꼭 나만의 아지트를 가져봐야 억울하지 않을 것 같다. 그러니까 다들 기도해 주시길. 돈 많이 벌어서 아늑하고 편안한 공간 하나 얻을 수 있도록. 목 좋은 상가 건물 2층이나 층고 높은 정남향 15평까지는 안 되더라도 괜찮으니까. 정말로 그때가 오면, 좋은 음악과 향긋한 커피를 준비해 놓고 같이 기도해 준 당신을 기다리겠다. 꼭 초대할 테니 맛있는 거 사 들고 놀러 오세요….

사실 나는 춤을 잘 춘다

사람들의 예상을 뒤엎는 건 짜릿한 일이다. 별로 어렵지도 않다. 내 이미지는 거기서 거기다. 어렸을 때 축구를 잘해서 전국 대회도 나가고 축구선수까지 꿈꾼 적 있다고 말하면 된다. 힙합 음악과 스케이트보드 문화를 오랫동안 동경해 왔다고 밝혀도 사람들은 놀란다. 그리고 하나 더. 사실 나는 춤을 잘 춘다. 김정현이, 춤을, 잘 춘다. 현실 세계와 사이버 세상의 지인들 표정이 벌써 그려진다. 그럴 줄 알았다. 오히려 좋다. 나만 아는 비밀만큼 짜릿한 게 없다.

춤에 재능이 있다는 건 일찍부터 알았다. 다섯 살 때였나. 어린이집에서 재롱 잔치를 열었는데 그때 왜인지 모르겠지만 내가 하이라이트 무대를 장식했다(고 굳게 믿고 있다). 귀엽고 앙증맞은 여러 공연이 끝나고 마지막 순서, 친구들이 전부 나와 한바탕 신명 나게 춤을 추는 무대가 벌어졌다. 가죽 비슷한 소재의 티셔츠와 바지를 무려 세트업으로 갖춰 입고 선글라스까지 쓴 나는 내 차례만을 기다렸다.

이윽고 시작되는 회심의 개다리 춤. 울려 퍼지는 음악에 맞춰 바운스를 타며 온몸이 부서져라 다리를 흔든다. 거기서 그치지 않았다. 이 퍼포먼스의 백미는 개다리 춤에서 '엉덩이 때려 입 벌리기 춤'으로 이어지는 유려한 루틴에 있다. 그게 무슨 해괴한 춤이냐 따져 묻고 싶겠지만 이는 당시 높은 인기를 구가하던 코미디언 조혜련의 시그니처 동작이었다. 손을 크게 한 바퀴 돌려 엉덩이를 때리며 벙찐 표정과 함께 짧은 탄성을 내지르는 동작. 쓰고 보니 더 해괴해 보이지만 실제로 그런 춤이 있었다는 것만은 믿어주시라. 아무튼 나의 '엉때입춤' 덕분에 장내는 후끈한 열기로 뒤덮였고, 선글라스를 쓴 채 떨지도 않고 파격적인 퍼포먼스를 선보인 당돌한 다섯 살짜리를 두고 곳곳에서 술렁대는 소리가 들렸다(고 굳게 믿고 있다).

춤을 추는 건 나에게 지극히 자연스러운 일이다. 음악이 나오면 몸이 바로 움직인다. 일전에 한 친구가 분위기를 띄운답시고 "넌 버스 타고 왔니? 난 리듬 타고 왔어~" 따위의 말장난을 시도했다가 따가운 눈총을 받은 적이 있다. 나는 그게 아주 허무맹랑한 소리가 아니라고 생각한다. 나 역시 마음만 먹으면 리듬에 온전히 몸을 맡긴 채로 30분 거리를 거뜬히 이동할 수 있기 때문이다. 나른하고 여유롭게 박자를 밀고 당기는 그루브도, 절도 있게 딱딱 떨어지는 칼박자도 내 팔과 다리와 고개를 당최 가만 놔두지를 않는다. 문명화된 시민으로서 타인의 눈과 기분을 고려해 크게 티 내지 않을 뿐이다. '내적 댄스'라는 말은 나 같은 사람들을 절묘하게 포착한 탁월한 신조어다. 거리에서, 지하철에서, 미팅 장소에서 시도 때도 없이 혼자만의 희열에 젖어든 건 좀 부끄럽긴 하다.

○

몸을 흔들면 기분이 좋아진다. 누군가에겐 절대 이해할 수 없는 일이겠지만 나 같은 이에겐 너무 당연한 일이다. 다만 '흥'이라는 이름만 붙이기에는 어딘가 아쉽다. 내가 춤추기를 좋아하는 건 신나서만은 아닌 것 같다. 흥이 나기 이전에 걱정과 상념이 사라져서 그런 건 아닐까? 몸을 움직여 리듬을 따라갈 때 거기에 생각이나 고민 따위가 비집고 들어설 틈은 없다. 밖에서 혹은 안에서 들려오는 멜로디와 박자에 온몸의 감각이 초집중한 상태. 어느새 음악은 나를 지배하고, 우리는 하나가 된다. 거창하게 표현했지만 피겨 선수 김연아가 했던 유명한 말과 본질에선 다르지 않다. "무슨 생각을 해, 그냥 하는 거지." 음악이 나오면 생각할 겨를도 없이 나는 춤을 춘다. 물론 내가 춤 잘 추는 걸 아는 극소수의 사람 앞에서만.

춤을 보는 것도 즐긴다. 춤에는 그 자체로 운동 에너지가 있는데, 춤을 추는 사람이 품은 고유한 에너지까지 더해지니 보고만 있어도 저쪽의 에너지 덩어리가 여기까지 전이되는 느낌이다. 멋진 춤이든 우스꽝스러운 춤이든 춤은 사람을 기분 좋게 만든다. 그래도 정말 끝내주는 춤을 볼 때면 일종의 쾌감이 느껴지는데, 그건 박력이나 기술의 난이도 같은 것과는 딱히 상관이 없다. 내가 인정하는 '춤 잘 추는 사람'은 완급 조절을 기가 막히게 하는 사람이다. 말 그대로 꽉꽉 채워서 추기보다는, 일정 정도 여백을 남겨둔 채 음악의 포인트를 맛깔나게 살릴 줄 아는 댄서가 진짜 댄서다.

대표적인 사람이 가수 강산에. 춤 얘기하는데 뜬금없이 포크 가수 강산에가 나와서 의아하겠지만 나는 아직도 고3 시절 익산 솜리문화예술회관에서 본 그의 무대를 잊지 못한다. 노래 잘하는 거야 익히 알고 있었지만 춤까지 잘 추는 아티스트인 줄은 몰랐는데. 드럼과 기타와 베이스가 만들어 내는 쫀득한 리듬에 맞춰 자유자재로 밟는 스텝이 상당한 실력자임을 입증하고 있었다. 심지어 여유 넘치는 표정과 흔들리지 않는 가창은 미니멀한 움직임과 삼위일체를 이루며 음악의 흐름을 쥐락펴락했다.

누군가는 저건 춤보다는 그냥 대충 추는 모양에 가깝지 않냐고 말할지도 모른다. 열심히 안 추고 깔짝거리기만 하는 거 아니냐고. 물론 전혀 동의하지 않는다. 춤은 많이, 크게 움직인다고 장땡이 아니다. 그냥 성의 없는 것과 능숙하게 적정선을 오가며 느낌을 살리는 건 전혀 다른 얘기다. 강산에는 음악을 정확히 이해한 춤사위를 선보였다. 아니, 이해 같은 거 하기 전에 그냥 음악에 몸을 맡겼다. 우리 춤잘알들은 그의 감질나는 밀고 당기기에서 흘러넘치는 여유를 보고 특유의 경쾌함을 느낀다.

아쉽게도 나는 그런 쪽에는 자신이 없다. 끝내주게 멋있는 춤들을 따라 추고 싶지만, 이상하게 그 맛이 안 난다. 비루한 몸뚱이와 담백함이라고는 찾아볼 수 없는 느끼한 터치 때문일 거다. 그러나 낙담하지 않는다. 내가 잘 추는 영역은 따로 있으니까. 웃긴 춤이라면 자신 있다. 정확히는, 웃긴데 묘하게 잘 춰서 더 웃기고 그래서 열받는 춤. 어디서 많이 본 것 같은 동작을 25퍼센트 부족하게 구현하며, 쓸데없이 유려한 손짓,

발짓과 지나치게 재수 없는 눈빛으로 그 엉성함과 어색함을 극대화하는 막춤 중의 막춤. 〈6시 내고향〉에 나올 법한 K-시골 장터, 부담 백배 라틴 댄스, 2000년대 미디엄 템포 발라드 보이그룹 등 장르와 스타일은 다양하게 변주가 가능하다. 막춤 한번 춰보라고 판을 벌렸을 때 좀만 잘못 추면 더럽게 안 웃기고 분위기 다운되는 거 다들 아실 거다. 나는 그럴 일 없다. 한 번 작정하고 막춤 추면 장내 박장대소는 따놓은 당상이다.

춤은 나를 구원한다. 훗날 마음이 바닥을 쳐서 어떠한 삶의 의미도 찾지 못하게 될 때. 다만 나는 춤을 추겠다. 춤만 추면 걱정도 불안도 잊게 되니까. 내 의지대로 할 수 있는 게 이거 하나라도 있다는 사실에 안도할 테니. 음악 크게 틀어 놓고 때로는 멋있는 척하면서, 때로는 있는 힘껏 우스꽝스럽게 춤을 추면서 하루를 꼬박 채울 거다. 오늘도 춤을 출 수 있다는 생각에 눈을 뜨고 내일 얼른 춤을 추고 싶다는 마음에 눈을 감겠지. 춤은 나의 배수진이다. 더는 물러설 곳이 없을 때 댄스학원에 등록한 뒤 맹연습에 돌입할 것이다. 별의별 춤 영상을 유튜브에 올릴 거니까 많은 관심 바란다. 아니, 사실 제발 그런 날이 오지 않기를 바란다. 까불지 말고 집에서 혼자 깔깔대며 흥을 폭발시키길. 그래도 여차하면 꺼내 쓸 최후의 수단인 춤이 있다고 생각하면 어쩐지 삶이 한결 든든해진다.

그 노래는 제발 틀지 말아 주세요

광화문의 한 카페에 갔을 때였다. 들어서자마자 사랑에 빠질 뻔했다. 햇살이 쏟아지는 커다란 통창과 유리 너머로 보이는 소박한 정원, 우아하고 고전적인 분위기를 뽐내는 오래된 가구들까지. 여기가 파리인가? 참으로 낭만적인 오후로구나. 그러나 감동의 여운은 얼마 가지 못했다. 한 시간을 채 못 버티고 도망 나왔다. 왜냐고? 에디트 피아프의 샹송, 아니 적어도 잔잔한 재즈나 보사노바 정도는 나올 줄 알았다. 이게 웬걸. 난데없이 소몰이 창법이 튀어나왔다. 카페에서는 여자의 마음이니 남자의 마음이니 세상 서럽게 울부짖는 목소리가 울려 퍼지고 있었다. 크게 당황하고 있는 틈을 타 이번엔 또 누군가를 목놓아 부른다. 여보세요, 나야. 거기 잘 지내니. 그렇게 파리의 운치는 순식간에 사라졌다. 소몰이와 주정의 컬래버레이션이 울려 퍼지는 유흥가 거리만 어른거릴 뿐. 나의 소중한 오후는 증발해 버렸다. 낭만도 여유도 함께.

장소에 어울리지 않는 음악 선곡을 싫어한다. 카페든 술집이든 편집숍이든 어디든 상관없다. 공간의 성격과 분위기 따위 아랑곳없이 대차게 마이 웨이인 음악이 흘러나올 때면 적지 않은 짜증이 밀려온다. 도저히 납득이 안 된다. 제공하는 제품 혹은 서비스, 내부 인테리어, 직원들의 스타일까지 이 공간을 이루는 어느 것과도 호응하지 않는 생뚱맞은 음악을 틀고 있다니. 물론 그게 주인장이나 업장 자체에 대한 무시나 혐오로 이어지는 건 아니다. 충분히 그런 노래를 선곡할 수 있다. 다만 한 번 깎인 이미지는 다시 올라오기 어려운 법. 누군가 나한테 거기 어땠냐고 묻는다면 "음… 별로야"라고 답할 확률이 상당히 높다. 음악을 선곡한다는 건 이 장소의 분위기를 내가 원하는 방향으로 이끌고 싶다는 뜻 아닌가? 사람들이 드나드는 공간의 배경음악은 일종의 인테리어로도 기능하니까. 그걸 별로 대수롭지 않게 생각한다면 의욕이나 정성이 부족한 것일 테고, 의욕과 정성을 가득 채워 넣은 결과가 이렇다면 그건 그것대로 유감인데, 어느 쪽이든 이미 실망한 내 마음을 되돌리기는 힘들다.

뭘 또 그렇게까지 싫어하냐 말할 수도 있다. 그냥 이어폰 끼고 듣고 싶은 노래 들으면 되지 않냐고. 그게 안 된다. 소리가 잘 들려도 너무 잘 들리는 걸 어떡해. 듣고 싶지 않아도 자꾸만 귀 기울이게 되는 예민함은 나도 어쩔 수 없는 부분이다. 음악 선곡 자체에 민감한 건 아니다. 공간을 채우는 다른 요소와 충돌을 일으킨다는 점이 더 거슬린다. '장소에 어울리지 않는 음악 선곡을 싫어한다'는 문장은 다음과 같이 바꿔 쓸 수 있다. 장소가 품은 전체적인 분위기를 중요시한다. 공간을 이루는 여러 요소가 조화롭게 어우러져 만들어내는 특정한 무드mood에 나는 쉽게 매료된다. 그 무드에 지대한 영향을 받아 기분이 오락가락 쉽게 바뀌는 사람이다. 근사한 곳에서 나 역시 근사한 사람이 된 것만 같은 즐거운 기분을 느끼려면 조명의 조도, 깔리는 음악, 인테리어 디자인, 메뉴의 맛, 사장님의 톤앤매너 따위가 일치해야 한다. 일치의 구체적인 기준은 모르겠지만 아무튼 그렇다.

친구 B는 버스킹 공연에서 휴대폰으로 가사를 보며 노래하는 사람들이 불만이라고 했다. 준비 안 한 티를 대놓고 낸다는 이유에서다. B는 공연자로서 갖춰야 할 자부심도 없거니와 노래할 수 있는 기회인 무대를 소중히 여기지 않는 것 아니냐고 했다. "내가 노래에 자신 있는 사람이고 무대를 귀중하게 여길 줄 안다면, 그 무대가 길거리라고 해서 대충하면 안되는 거지. 가사 숙지는 기본 중의 기본 아니야?" 이 의견에 동의하고 동의하지 않고는 자유다. 흥미로운 건 이 말 속에 B라는 사람을 이해할 수 있는 단서 하나가 들어있다는 거다. 예술가로서, 예술을 사랑하는 감상자로서 그는 '태도'에 민감하다. 자기 자신과, 자신의 창작물을 바라보는 태도. 세상으로 발화하고 표현할 때 가져야 할 마음가짐. 더 철저하고 더 완벽해도 어떻게든 부끄러움과 후회는 남는다. 그래서 최소한의 노력과 준비마저 손쉽게 저버리는 이들을 B는 납득할 수 없는 것이다. 홍대 중심가를 지날 때마다 우리는 자주 헛웃음을 내뱉을 수밖에 없었다.

○

무언가를 싫어하는 건 자연스러운 일이다. 밉고 짜증 나는 감정은 막을 방도가 없다. 그렇다고 그냥 두기도 뭐하다. 스스로 곱씹을수록 부정적이고 파괴적인 감정들만 쌓일 거고, 다른 사람들 앞에서 표출한다면 어느 자리든 불편하게 만드는 '미스터 갑분싸'로 널리 회자될 테니. 둘 다 진심으로 원치 않는 방향이다. 그래서 나는 조금 더 궁리하는 편을 택했다. 대체 나는 그게 왜 싫을까? 어떤 점이, 무슨 맥락에서 별로인가. 구린 음악을 트는 게 싫은 게 아니라 다 잘 만들어 놓고 혼자 튀는 음악을 트는 게 싫다. 다른 요소를 방해함으로써 조화로운 콘셉트를 망치는 선곡이라서 싫다. 이 공간만이 줄 수 있는 공감각적인 정서와 모든 게 맞아떨어질 때 찾아오는 황홀한 분위기를 빼앗아가기에 싫다.

싫어하는 이유가 정리될수록 내가 무엇에 반응하고 신경 쓰는지가 분명하게 보인다. 여기엔 한없이 예민하다가도 한편으로는 지나치게 무심한 나를 발견한다. 나는 무엇을 참지 못하나. 무엇에 짜증 내고 무엇에 무너지며, 그 와중에 무엇에 관대한가. 나도 모르는 사이 정립해 온, 세상을 보는 나의 시선과 일상 속에서의 우선순위를 알게 된다. 아는 만큼 피하는 요령도 생기게 마련. 데이터가 쌓이다 보면 열 받는 상황과 꺼림칙한 존재를 자연스레 멀리하는 혜안을 가질 수 있지 않을까. 더 나아가서는 내 열광 포인트와 만족감 버튼이 어디에 있는지를 느낄 수 있을 것이다. 딱지치기를 하듯 반대로 뒤집어 생각하면 또 좋은 점이 보이곤 하니까.

많은 사람이 좋아하는 게 뭔지 몰라 괴로워한다. 재밌는 거, 하고 싶은 걸 찾는 게 어렵다고 고백한다. 아무리 고민해도 막막하고 열심히 움직여 봐도 잡히지 않는다면, 한 번쯤 각도를 바꿔 생각해 보길 조심스레 권한다. '난 뭘 싫어할까?', '그건 어떤 면에서 진짜 별로지?' 같은 질문들 속에 힌트가 숨어 있을지도. 싫음의 구체적 이유를 찾는 것이, 좋아하는 걸 찾는 가장 빠른 지름길일지도 모른다.

CHAPTER
2

좋아
죽는 것들에
대하여

자연스럽고 무심하게, 아이비룩

점점 화려한 옷이 좋아진다. 무채색 옷만 찾던 내가, 채도 높은 쨍한 색의 옷들에서 눈을 못 뗀다. 아무것도 안 그려진 옷은 이제 어딘가 심심하게 느껴져 글자든 패턴이든 뭐라도 들어간 옷을 찾는다. 칙칙하기 그지없던 이십 대 초반의 나로서는 상상도 못 할 변화다. 당시 내 패션의 키워드는 두 가지였다. 깔끔과 무난함. 패션 아이콘이 되고 싶다는 생각보다는 튀지 않으면서도 은근 잘 입는다는 소리를 듣고 싶었다. 정확히는 난 죽었다 깨어나도 패션 아이콘은 될 수 없으니 나대지 말자는 마음이었지. 지금은 좀 다르다. 김정현 옷 잘 입는다고 동네방네 소문났으면 좋겠다. '꾸안꾸'로 잘 입는 정도 말고,

감각이 너무 좋아서 패션계 종사자인지 사람들이 궁금해할 정도로. 현실은 스무 살 김정현과 크게 다르지 않다. 옷 말고 수염이 화려해졌다는 차이 외에는.

샌님 이미지를 벗고 싶었다. 패션 취향이 변화한 가장 큰 이유다. 얌전하고 평범해 보이는, 어느 학교에나 흔히 있을 법한 공부 열심히 하는 애처럼 보이는 게 싫었다. 일명 홍대병 증상이 심각히 찾아온 거다.(지금도 완치되지 못했다.) 안경을 쓰고, 인상도 흐릿하고, 다부지지 않은 종잇장 같은 육체를 보유한 나. 성격마저 독특하거나 빡센 것과는 거리가 먼 '본 투 비 샌님'에게 단정하고 깔끔한 복장은 샌님력을 강화하는 장치에 지나지 않았다. 그럼 과감하게 기존의 스타일을 버렸으면 됐을 텐데 그렇지는 못했다. 혹시라도 나대는 것처럼 보이면 어쩌지 싶은 걱정이 도전 정신을 가뿐히 눌렀으니까. 제한된 예산 내에서 버티고 버티다 부르짖게 되는 마법의 이름 '가성비' 역시 샌님 탈출을 가로막는 큰 요인이었다. 큰맘 먹고 옷을 구입할 때마다 나는 무난함이라는 이름의 선택을 반복했다. 후회도 늘 같이 왔다. 좀처럼 가까워질 기미가 보이지 않는 쿨- 하고 힙- 한 이미지. 거기에 닿고자 하는 강한 열망이 알게 모르게 내 시선을 조금씩 움직였던 것 같다.

아이비룩Ivy Look에 대한 편견 역시 그 강박에서 기인했는지도 모른다. 아이비룩은 하버드, 예일, 프린스턴 등 미국 동부에 있는 명문 대학 8곳을 칭하는 '아이비리그 Ivy League' 학생들이 즐겨 입은 패션 스타일이다. 1950년대를 대표하는 트렌드로서 다양한 변화와 발전을 거듭하며 클래식한 미국식 캐주얼 패션의 대명사로 자리매김했다. 지금도 수많은 패션 디자이너가 제각기 다른 시각으로 재해석하고 있는 스타일이다. 취향에 따라 어느 정도 호불호가 갈릴 수 있겠으나 적어도 워스트로 꼽히는 유형은 아니다. 하지만 오랜 시간 이어진 폭넓은 관심과 애정에도 불구하고, 아이비룩에 대해 가졌던 얼마간의 오해를 부정할 순 없다. 나부터가 그랬다. 샌님 아우라를 벗어나고 싶은 내게 아이비룩은 명문대에 다니는 상류층 엘리트들의 고급 젠틀맨 스타일, 그러니까 모범생룩, 샌님룩의 끝판왕으로 여겨졌다. 상류층 엘리트=샌님이라는 일차원적 인식도 유치하지만, 아이비리거들의 옷차림하면 항상 특정한 이미지가 떠올라 어쩔 수가 없었다. 클래식한 고급 브랜드 로고와 보풀 하나 찾기 힘든 깔끔함, 칼 같은 주름과 밑단 길이를 자랑하는 그야말로 매끈하고 정갈한 모습.

아는 만큼 보인다. 아이비룩에 대해 알아갈수록, 홍대병에 지독하게 빠졌던 내가 얼마나 무지한 편견에 사로잡혀 있었는지 깨달았다. 아이비룩에 대해서도, 쿨하고 힙한 패션에 대해서도. (1) 과감하고 자유롭지 않다면 쿨 앤 힙이 아니다.
(2) 아이비룩은 고급스러움과 스마트함의 대명사가 아닌가.
(3) 고로 아이비룩은 쿨 앤 힙과는 거리가 먼 지루하고 딱딱한
샌님룩 하이클래스 버전일 뿐이다. 정말 그럴까? 아이비리거
들은 언제 어디서나 격식을 갖추며 풀 세팅 상태로 다녔다고?

1960년대 초 아이비리그 학생들의 패션과 라이프스타일
을 담아낸 포토 에세이《Take IVY》는 그들 역시 자연스럽고
편안한 스타일을 추구했다고 말한다. 포토그래퍼 데루요시
하야시다를 비롯한 당시 일본 패션계의 저명한 4인은 아이비
리그룩의 정체성을 '품위와 실용성의 균형'으로 봤다. 품위는
알겠는데 실용성이라… 물론 아이비리거들은 기본적으로 단
정해 보이고 싶어 한다. 너저분하고 때와 장소를 구별하지 못
하는 차림은 젠틀맨의 품격을 떨어뜨리는 것이라고. 다만 엄
격한 원칙 아래 단조롭기만 한 차림일 거라 생각하면 오산이
다. "기본은 지키면서 자유롭게." 이것이야말로《Take IVY》가
도출해 낸, 옷을 대하는 아이비리거들의 핵심적인 태도다. 남
에게 어떻게 보일지보다 내가 편하고 자연스럽게 입을 수 있
는가가 훨씬 더 중요하다.

가령 이런 식이다. 긴소매의 스웨트셔츠를 잘라 반소매로
입거나 두꺼운 화이트 진의 밑단을 잘라 반바지로 활용한다.

굳이 왜 긴소매 옷을 잘랐냐는 저자의 질문에 어느 학생은 쿨
내 풍기며 이렇게 대답한다. "여름인데 그냥 입으면 덥잖아
요. 내버려 두긴 아깝고요." 맨발에 구두를 신는 것도 흔한 모
습. 아이비리거라고 해서 반짝반짝 광나는 구두에 톤 다운된
아가일 무늬 양말만 신는 건 아니었나 보다. 그런가 하면 셔츠
를 바지 안에 넣지 않고 밖으로 꺼내 입는 이들도 종종 눈에
띈다. 기본적으로 셔츠의 깔끔한 분위기는 놓치지 않되, 넣어
입은 모양보다 산뜻함과 여유로움을 드러낼 수 있는 스타일
이다. 아이비리거들이 일일이 그런 디테일한 의도를 생각하
며 입었을 것 같지는 않다. 단지 귀찮고 불편해서 빼 입었을
확률이 더 크다. 그 외에도 예배를 드리는 일요일에 각 잡힌
정장차림이 아닌 면 재킷에 버뮤다 쇼츠를 매치하거나, 트위
드 재킷에 청바지를 착용하는 등 기본적인 원칙 안에서 자신
만의 방법으로 다양한 연출을 시도했다.

옷을 정말 잘 입는 누군가의 룩을 무조건적으로 따라가지
도, 융통성 없이 가장 표준적인 스타일만 내내 고집하지도 않
았다. 이때 포인트는, 지나치게 재거나 따지지 않는 태도. 적
당한 무심함이야말로 쿨 앤 힙의 필요조건인데, 이 형님들은
그걸 알고 있었다. 아직도 그걸 몰라서 샌님 타이틀을 벗어던
지지 못한 누구와는 다르게.

편하고 자연스럽게. 일일이 계산해 가면서 어울리지도 않는 옷을 시도할 게 아니라, 보여주고 싶은 굵직한 이미지 안에서 개성대로 툭, 걸치면 되는 것을. 그 차림에 스스로 자신감을 가지면 된다. 눈치 안 보면 된다. 옥스포드 셔츠를 맨 윗단추까지 다 잠갔다고, 어두운 색의 코듀로이 재킷을 걸쳤다고 해서 얌전한 모범생으로 보이는 건 아니니까. 아이비룩이든 연고전룩이든 공대생룩이든 그게 뭣이 중할까. 기억하자. 쿨 앤 힙은 자연스러움과 편안함과 무심함의 황금비율이 만들어 낸다. 그러니까 쫄지 마, 샌님아.

—

데루요시 하야시다·쇼스케 이시즈·도시유키 구로·스하지메 하세가와 지음, 노지양 옮김,《TAKE IVY》, 윌북, 2011년.

천 번 봐도 천 번 우는
마법의 영상

얼마 전 지인의 SNS에 힘든 마음을 토로하는 글이 올라왔다. 굉장히 속상한 일을 겪은 듯했다. 위로의 말을 한마디 건네고 싶었는데 문득 한 영상이 떠올랐다. 곧바로 영상 링크와 함께 보낸 다이렉트 메시지. "저는 힘들 때마다 저만의 '천 번 봐도 천 번 우는 영상'을 꺼내 봐요. 보면서 시원하게 울고 나면 묘한 카타르시스가 찾아오더라고요. 눈물범벅, 세상 못생긴 제 얼굴 덕분에 웃음도 나고요. 이런 방법으로 슬픔을 직면하고 견디는 사람도 있구나, 다들 이 지리멸렬한 과정을 어떻게든 통과하고 있구나. 이렇게 생각하면 조금은 힘이 되지 않을까 싶어요." 당장 만나자며 약속을 잡아 술 한잔 사주기도,

그렇다고 전화해서 자세한 이야기를 들어주기도 애매한 사이인 내가 할 수 있는 최선이었다. 신기하게도 지인은 이미 그 영상을 알고 있었다. 정말 좋아하는 영상이라고, 큰 힘이 됐다고 감사 인사를 전했다. 역시 좋은 건 사람들이 알아보는군. 조금이나마 위로가 되었다는 데 대한 안도감과 적재적소의 큐레이션(?)을 인정받았다는 뿌듯함이 동시에 들었다.

그 영상을 처음 만난 건 3년 전이다. 그날 밤도 나는 어김없이 유튜브를 누비고 있었다. 오늘은 또 무슨 비디오를 만나게 될까. 빽빽한 일정의 투어를 소화하는 관광객처럼, 알고리즘 선생님의 신통방통한 가이드를 따라 이 영상, 저 영상을 시청하며 돌아다녔다. 그러다 눈에 들어온 익숙한 제목의 영상 하나. 얼마 전 들은 영화 〈위대한 쇼맨The Greatest Showman〉의 OST 관련 영상인가 보구나. 뮤직비디오를 되게 인상적으로 봤었는데. 영화를 보지 않았기 때문에 뮤지컬 영화라는 점 외에는 아는 바가 없던 상황이었다. OST 몇 곡을 듣고 뮤직비디오로 만들어진 일부 장면만 봤는데, 그걸로도 충분히 감동적이었기에 영화 전체를 보고 싶은 마음까지는 들지 않았다. 알고리즘이 만나게 해준 이 영상 역시 섬네일을 보아하니 'This Is Me'라는 곡의 라이브 클립인 듯했다. 꽤 좋게 들었던 터라 별 생각 없이 클릭. 그땐 몰랐다. 앞으로 오래도록 함께할 운명의 영상을 만나게 될 거라곤.

알고 보니 사전 연습 현장을 담은 메이킹 비디오였다. 영화에 출연하는 배우들이 미리 모여 합을 맞춰보는 장면이 담겨 있었다. 영상 도입부에서 감독과 배우가 연습 당시를 회상하는 이런저런 대화를 나누는데 처음 볼 때는 무슨 말인지 전혀 알아듣지 못했다. "서로 호흡이 좋았다", "멋진 경험이었다" 따위의 말일 거라 여기며 노래를 부르는 모습부터 집중해서 봤다. '레티 루츠'라는 인물을 연기한 배우 케알라 세틀Keala Settle이 떨리는 듯한 목소리로 독창을 시작한다. 잔잔한 피아노 반주와 함께 그녀의 목소리가 연습실을 채운다. 후렴으로 들어서자 약간의 울먹거림과 울먹거림을 누르며 짓는 미소가 그녀의 얼굴에서 교차하는데, 그러다 그녀는 어느새 악보가 놓인 보면대를 옆으로 치우고 한가운데로 걸어 나온다. 점점 더 힘이 실리는 목소리, 그녀와 눈을 맞추며 교감하듯 노래하는 앙상블. 곡은 점차 고조되고, 북받친 감정을 동력 삼아 혼신을 담아 부르는 케알라 세틀의 에너지에 주인공인 배우 휴잭맨Hugh Jackman을 비롯한 다른 배우들 역시 마법에 홀린 듯 마지막까지 열창을 이어간다.

정말 얼마나 울었는지 아직도 그날 밤의 기억이 선명하다. 화면 속의 배우들이 벅찬 표정과 고양된 목소리로 곡의 절정을 향해 달려갈 때 내 마음도 같이 소용돌이쳤다. 특히 3분 50초, 케알라 세틀이 홀로 눈물을 삼키며 읊조리듯 노래하던 지점부터는 말 그대로 엉엉 소리 내 울었다. 누가 옆에 있었다면 깜짝 놀랄 정도로. 영상이 끝나고 울음도 잦아들자 이상하게 후련함 비슷한 게 찾아왔다. 나도 모르는 사이 쌓인 체증이 가라앉는 것 같기도 했다. 한바탕 크게 울고 나니 묘한 카타르시스를 느낄 수 있었다.

○

대체 나는 왜 울었을까? 심지어 눈물 찔끔도 아니고 펑펑 오열까지 할 일은 뭐람. 'This Is Me'의 가사가 감동적이기는 하다. 상처투성이의 나를 있는 그대로 인정하고, 어떤 모진 시선에도 굴하지 않고 나아가겠다는 단단한 다짐이 담겨 있다. 나 자신을 초라한 사람으로 만들 때마다 되새기면 위로가 될 내용이다. 그러나 전혀 새로운 메시지는 아니다. 여기저기서 많이들 외치는 이야기다. 혹시 노래를 열창한 배우 케알라 세틀의 사연이 감동적으로 다가온 걸까? 그녀의 인생사가 노랫말과 맞물려 완벽히 동화되었던 것일까. 그러나 아쉽게도 나는 이 노래로 그녀를 처음 봤기에 어떤 작품에 출연했는지, 어떤 슬픔을 가졌는지에 대한 사연을 전혀 모르고 있었다. 신파 섞인 사연 때문에 운 건 절대 아니다.

그저 내 상황 때문이었는지도. 영상을 보던 당시 나는 많이 힘들었다. 늘 나를 따라다니던 경제적인 문제로 마음이 많이 쪼그라들어 있었다. 어디 내색하기도 뭐하고, 그냥 혼자 꾹꾹 누르고 외면하고 시답잖은 웃음으로 넘겨도 보다가 결국 그 순간에 한꺼번에 터져 나왔을지도 모른다. 그럼에도 아리송한 건 영상을 볼 때마다 매번 울었다는 거다. 내내 기분이 좋은 날에도, 아무 생각 없는 날에도, 몹시 지치고 피곤한 날에도. 그날 뭘 했고 누굴 만났고 어딜 갔는지는 상관없이, 재생 버튼만 누르면 수도꼭지 틀어 놓은 듯 콸콸 눈물이 쏟아진다. 각종 서사를 다 때려 박아 안 울고는 못 배기는 신파 드라마도 아니고, 그냥 노래 한 곡을 열창하는 배우들의 연습 풍경일 뿐인데.

언제 봐도 나를 울리는 영상. 이렇게 귀한 자산을 얻었으니 그걸로 됐다. 천 번 봐도 우는 영상 덕분에 나는 천 번씩 힘을 얻는다. 마음이 바닥을 치고 좀처럼 올라오지 않을 때마다 이 영상을 찾는다. 울음을 쏟아내고 묵힌 감정들을 해소할 수 있는 그곳으로 나를 데려간다. 힘들 때마다 언제든 찾아갈 수 있는 가장 만만한 곳. 그런 각별한 장소를 가지고 있다는 사실이 얼마나 든든한지. 워런 버핏이나 일론 머스크는 이 영상을 본 적이 있을까? 그들도 내가 받은 가슴 벅찬 감동과 위로를 이 영상을 통해서 받았을까? 그들보다 내가 더 풍요롭게 사는 영역도 있다는 걸 잊지 말아야겠다. 20세기 폭스 유튜브 담당자분들, 제발 이 비디오만큼은 영영 삭제하지 말아 주시길. 솔직히 나는 상관없다. 혹여 내려갈까 진즉에 저장해 놨다. 오늘도 원고를 쓰기 위해 한 번 더 봤다. 내일 눈이 많이 붓지는 않을지 걱정이다.

② 좋아 죽는 것들에 대하여

The Greatest Showman, "This Is Me" with Keala Settle
20th Century FOX

시작은 캐러멜 마키아토였다
: 커피 취향 변천사 1

웬만한 건 다 맛있게 먹는 '막입' 김 선생. 미식의 ㅁ도 모르는 나는, 맛에 관해서라면 딱히 할 이야기가 없다. 음식에 대한 지식도, 세세한 맛을 구별하는 감각도, 맛있는 걸 먹기 위해 이곳저곳 찾아다니는 열정도 없기 때문이다. 그런 내가 호들갑 떨며 칭찬과 불평을 쏟아내는 유일한 분야가 바로 커피다. 열심히 카페를 다니며 무수한 커피를 마셔온 지 어언 10년, 아직도 나는 취향의 변화와 확장을 거듭하며 맛있는 커피에 대한 나름의 기준을 찾아가는 중이다. 그 지난한 이야기를 두 편에 걸쳐서 풀어보려 한다. 이 글은 나의 커피 취향 연대기 중 '전기'에 해당한다.

시작은 캐러멜 마키아토였다. 나는 흔히 말하는 '초딩 입맛'을 보유하고 있다. 달고 자극적인 먹거리에 정신을 못 차린다. 담백하고 구수하고 깊은 맛이 나는 음식을 안 먹는 건 아니다. 다만 그 친밀감, 호감을 고려해 봤을 때 극명한 차이가 나는 건 어쩔 수 없다. 성인이 되고 카페에 다니기 시작하면서 캐러멜 마키아토를 시킬 때가 많았다. 지극히 자연스러운 메뉴 선택이었지. 쓰거나 밍밍한 커피 대신 첫 모금에 기분 좋아지는 달달한 커피. 심지어 이름에서부터 말랑말랑한 감성이 묻어나지 않는가. 인디 밴드의 노래 가사에서도 사랑의 감정을 캐러멜 마키아토의 달달함에 비유하고, 로맨틱 코미디 드라마에서도 설렘 가득한 장면에 캐러멜 마키아토를 어김없이 등장시킨다. 일명 '썸 타는 사람'과 예쁜 카페에 앉아 데이트할 때 마실 것만 같은 커피. 이미 상상 속에서만큼은 청춘 시트콤 주인공이었던 나에게 이보다 적절한 메뉴는 없었다.(실제로 캐러멜 마키아토를 마실 때 내 옆에는 아무도 없거나 친구들만 있었다.)

애초에 아메리카노는 선택지에 존재하지도 않았다. 내 주문엔 캐러멜 마키아토냐, 바닐라 라테냐, 카페 모카냐 정도만 있었다. 이름도 낯설고, 한약을 연상시키는 겉모습의 이 시커먼 커피는 첫 만남부터 별로였다. 고등학생 때 우연히 아메리카노 맛을 본 적이 있었다. 다른 메뉴에 비해 가격이 싸길래 호기롭게 주문한 게 실수였다. 한 모금 넘기자마자 미간이 찌푸려지고 혀가 쪼그라들었다. "아니, 어른들은 돈 주고 이런 걸 사 먹는다고?!" 달지도 않고 그렇다고 고소하지도 않은, 고약하게 쓰기만 한 맛. 시럽이라도 넣어 먹었으면 좀 나았으련만 그때는 아무것도 몰랐다. 첫맛의 충격이 가시지 않아 혹시나 하는 마음에 한 모금 더 홀짝였지만 여전했다. 그 후로는 마음의 문을 굳게 닫아 버렸었다.

○

문제는 커피값이었다. 갓 대학에 입학한 나에게 서울의 커피는 너무 비쌌다. 당시 프랜차이즈 카페에서 캐러멜 마키아토를 주문하려면 보통 5000원은 내야 했던 걸로 기억한다. 밥값과 별 차이 없는 수준이라 혼자 서울로 올라와 용돈 받으며 생활하는 입장에서는 부담이 안 될 수가 없었다. 그렇지만 카페에 가는 것만큼은 포기할 수 없었다. 차라리 다른 데서 돈을 아끼자. 카페가 주는 분위기와 에너지가 좋았고, 그 공간에서 친구를 만나고 공부를 하고 사람들을 구경하는 경험이 내 일상의 활력이었으니까. 이제 남은 대안은 두 가지였다. 에스프레소를 먹거나, 아메리카노를 먹거나.

아시다시피 에스프레소는 진입 장벽이 높다. 아메리카노도 쓰디썼는데 에스프레소는 어떻겠는가. 아메리카노가 한약이라면 에스프레소는 사약이다. 양도 적다. 두어 모금 탁 털어 넣으면 끝난다. 곧바로 나갈 게 아니라면 너무 일찌감치 비워진 에스프레소 잔 때문에 조금 뻘쭘해질 수 있다. 결국 만만한 게 아메리카노다. 가격도 저렴하고 양도 넉넉하고. 심지어 금방 나온다. 처음엔 다시는 만날 일 없을 것 같았는데 한두 번 마시다 보니 점점 익숙해졌다. 편안하고 깔끔한데 적당히 씁쓸한 맛도 있어 은근한 여운을 남긴다. 더울 때 시원한 걸로 주문하면 꿀꺽꿀꺽 들이키기 좋아 금세 갈증을 해소할 수 있고, 따뜻한 아메리카노는 추운 날씨에 마시면 목부터 몸 속까지 천천히 데워지는 기분이 든다.

가격과 맛을 뛰어넘는 또 하나의 중요한 요소. 나를 진정한 '으른'으로 만들어 준다. 언제부턴가 나는 내 초딩 입맛이 부끄러웠다. 나는 내가 운치 있는 사람이고 싶을 때 카페에 가는데. 카페에서 여유를 즐기거나 무언가에 매진하는 매력적인 어른들의 모습과 캐러멜 마키아토는 어울리지 않았다. 이건 스스로 용납할 수 없는 부분이기도 했다. 아메리카노에 성공적으로 적응한 뒤로는 커피를 마실 때마다 괜히 흐뭇했다. 네,

저도 이제 어른이에요(찡긋). 따뜻한 아메리카노 한 잔 시켜놓고 책을 읽거나 글을 쓰는 거, 하다못해 노트북으로 예쁜 사진이라도 찾아보면서 나만 아는 허세를 열심히 누렸다.

그렇게 아메리카노는 내 커피의 기본값이 됐다. 딱 거기까지였다. 더 세부적인 기호를 찾으려는 필요를 느끼지는 못했다. 아메리카노는 그냥 마시는 거니까. 시원한 건 시원한 대로 벌컥벌컥, 따뜻한 건 따뜻한 대로 호로록. 카페에 갔으니까 마시고, 카페인이 시급하니까 마신다. 그중 특히 좋았던 점은 맛이 깔끔했다는 거. 다 먹은 뒤에도 입안이 덜 찝찝한 거. 정확히 그 반대의 이유로 우유가 들어가는 커피를 이젠 잘 먹지 않는다. 원래도 우유의 비린 맛을 좋아하지 않는데, 거기에 에스프레소 샷까지 더해지자 내 입에는 텁텁했다. 그럴 거면 아예 사악하게 달콤하든가. 반면 아메리카노는 에스프레소와 물 외에 어떤 것도 첨가되지 않아 산뜻하게 마시기 좋다. 디저트와의 궁합도 완벽할 수밖에 없는 이유다. 이미 충분히 달달한 쿠키나 케이크를 당이 잔뜩 들어간 음료와 함께 먹으면 너무 느끼하다. 디저트와 커피, 둘 다 득 볼 게 없다. 아메리카노는 다르다. 디저트에게 주인공 자리를 내어주며 물러났다가, 너무 달거나 느끼하다 싶을 땐 슬며시 등장해 개운하게 씻어준다. 이 사려 깊고 든든한 블랙커피에게 내 하루를 맡기지 않을 도리가 있겠는가? 잠을 깨우고, 온기를 전해주고, 갈증을 해소해 주고, 빵과 케이크의 맛을 돋우고, 내 기분까지 끌어올려주는 고마운 친구를.

캐러멜 마키아토처럼 극강의 단맛 커피뿐인 삶이었는데, 시럽도 우유도 첨가하지 않은 아메리카노로 넘어온 것. 사실 이것만 해도 큰 변화이지만 아직 갈 길이 멀다. 블랙커피 계열 안에서도 무궁무진한 세계가 존재한다는 걸 알게 됐으니까. 앎은 재밌고 맛의 감각은 짜릿하다. 그걸 느낄 때마다 새로운 나를 만나는 것 같아 계속 그다음에 마실 커피가 기대됐다. 카페 없으면 못 살고 카페인 없어도 못 사는 전직 초딩 입맛의 커피 취향 연대기. 또 어떤 격변을 맞았는지 궁금하지 않은가?

(이어서 계속)

② 좋아 죽는 것들에 대하여

산미 있는 원두로 주세요
: 커피 취향 변천사 2

아메리카노는 그냥 아메리카노. 이상도 이하도 아니었다. 깔끔하고 저렴하고 어른 커피 같아서 좋았을 뿐. 근데 그조차도 매일같이 먹다 보니 '기호'라는 게 생겨났다. 이 카페 저 카페 다니며 들이킨 아메리카노는 얼핏 비슷해 보여도 그 맛은 전부 다 달랐으니까. '어제 먹은 것보다 이게 더 맛있네. 골목 안쪽에 있는 카페는 좀 덜 쓰던데, 여기는 무슨 탄 맛이 나잖아?' 경험치는 무시할 게 못 된다. 알고 모르는 정도의 인지 영역이 아니라, 좋고 나쁘고를 담당하는 감각 영역이라면 더더욱. 많이 마실수록 자주 찾게 되는 커피의 특징이 하나 잡혔다. 그 커피들의 공통점은 바로 참 진하고 묵직한 친구들이라는 거였다.

밍밍한 게 싫다. 에스프레소는 적은데 물이 많으면 그렇다. 아니, 샷을 하나만 넣는 건 커피가 아니라 커피 맛 물 아닌가? 내가 원하는 건 '진짜' 커피다. 마치 카페인이 고스란히 스며드는 듯한 짙은 농도. 색깔로 치자면 고동색이 연상되는 차분하고 어두운 맛. 난 더 이상 시럽을 달라고 징징대거나 캐러멜 어쩌고를 찾아 헤매는 애송이가 아니란 말이에요! 에이스 투수가 작정하고 던진 몸쪽 꽉 찬 직구처럼, 그땐 혀부터 뇌까지 빈틈없이 채우는 듯한 진한 커피만을 갈구했다.

신맛은 더 싫었다. 식초처럼 혀를 찌르는 맛을 느낄 때마다 어쩐지 기분이 상했다. 오늘의 커피는 실패구나. 4000원을 버렸어. 가끔 어떤 카페에서는 주문할 때 마실 커피의 원두 종류를 묻곤 한다. 몇 번 데인 뒤로 결정은 어렵지 않았다. 산미 적고 다크한 걸로 주세요. 어딜 가도 한 마리 앵무새가 되어 같은 말만 반복했다. 말하자면 당시의 나는 '강경 묵직파'의 열렬한 신도였다. '산미 타도'를 절절히 외치며 자고로 커피란 우리네 인생처럼 복잡 미묘한 씁쓸함이 느껴져야 한다는 스스로도 이해 못 할 개똥철학을 가슴에 품고 다녔다. 자, 오늘도 카페에 간다. 며칠 전부터 가보려고 벼르던 곳이다. 문을 열고 뚜벅뚜벅 걸어가 있는 힘껏 목소리를 깔고 주문한다. 산미 적고 다크한 걸로 주세요. 그러고는 무심한 얼굴로 자리 잡고 앉는다. 숨 가쁘게 흘러가는 하루, 잠시 여유를 찾을 겸 카페에 들러 짙은 블랙커피 한잔 마시는 나. 어라, 어느새 으른 도시 남자 다 됐잖아.

○

  개똥철학도 개똥허세도 효력을 다할 즈음, 자신 있게 좋아한다고 말할 수 있는 커피를 드디어 만나게 됐다. 어떤 유명 카페보다도 내 입맛에 맞았던, 친한 친구 S의 커피. 나보다 한 살 많은 S는 전라북도 부안군의 한적한 바닷가 마을에서 가족과 함께 숙소를 운영한다. 중요한 업무 중 하나는 바로 손님들에게 조식과 커피를 내어주는 것. 덕분에 자연스럽게 커피에 관심을 가졌고, 이후 본격적으로 바리스타 자격증을 딴 뒤 내친김에 로스팅까지 배웠다. 숙소 건물 한구석에서 묵묵하게 원두를 볶고, 그 갓 볶은 원두로 한 잔씩 정성스레 커피를 내리던 모습이 떠오른다. S가 내려 준 커피는 정말 맛있었다. 아름다운 바닷가 나무집이 주는 분위기를 제쳐놓고 맛만으로도 충분히 훌륭했다. 진하고 묵직하면서도 탄 맛이나 텁텁한 느낌이라고는 찾아볼 수 없었다. 부드러운 맛은 유려하게 목을 타고 넘어가고, 다 마신 뒤에도 속이 편안했다. 만약 내가 그때 집에 홈 카페를 차려놓고 커피를 내려 마셨다면 S가 볶은 원두를 정기적으로 주문해서 먹었겠지? 훗날 카페를 열면 형의 원두를 써야겠다는 야무진 다짐으로, 자주 찾지 못해 아쉬운 마음을 달래곤 했다.

이때부터였을지도 모른다. 커피를 향한 깊은 애정. 카페라는 공간에 가졌던 관심 정도에서, 내 앞에 놓인 커피 한 잔이 궁금해질 정도로 깊어지고, 더 향기롭고 맛있는 커피를 만나고 싶다는 열망까지 싹트게 된 순간. 2020년부터 나는 이전과는 비교도 안 될 정도로 많은 카페를 다녔다. 몸에 쌓이는 카페인을 연료 삼아 부지런히 새로운 곳을 찾았다. 성실하게 커피를 마시며 데이터가 누적될수록 커피를 바라보는 시각 또한 아주 조금씩 넓어진다. 브라질이나 콜롬비아, 에티오피아 말고도 커피 원두가 재배되는 국가가 더 있구나. 로스팅을 어떻게 하느냐에 따라 같은 원두도 맛이 극명하게 달라지네. 싱글 오리진과 블렌드의 차이가 이런 거였어. 친해지고 싶은 카페 사장님들에게 괜히 말 한마디라도 더 붙이며 주워 듣는 소소한 내용이 은근히 재미있었다.(참고로 싱글 오리진은 단일 품종 커피를, 블렌드는 두 종 이상의 싱글 오리진을 섞은 커피를 말한다.)

은근한 재미를 '개꿀잼'으로 끌어올려 준 주역이 한 분 계시다. 소속 없는 바리스타이자 커피 유튜버, 뻥타이거. 커피 한 잔으로 우리는 친구가 될 수 있다고 말하는 그는 브루잉 도구를 캐리어에 챙겨 동묘 시장과 북한산에 나가 어르신들에게 스페셜티 커피를 내려준다. 전국의 카페들을 돌아다니며 멋진 공간 뒤에 숨겨진 사장님들의 애환을 듣기도 하고, 주기적으로 실력 있는 로스터리와 협업해 블렌드 원두도 출시한다. 좋은 커피, 이를 나눠 마시며 친구가 되는 경험, 이를 바탕으로 형성된 건강하고 즐거운 문화를 전파하는 일. 그의 메시지와 다양한 실천 방식을 흥미롭게 지켜보던 나는 어쩐지 그의 취향에도 설득되고 매료되기 시작했다. 뻥타이거는 밝고, 상큼하고, 화사한 커피를 사랑한다. 그는 가볍고 약하게 로스팅한 커피 열매의 고유한 향과 맛을 풍부하게 살려 커피를 내린다. 그러니까 내가 빠져 있던 무겁고 씁쓸하고 산미 없는 다크 로스팅 커피와는 정반대의 스타일이었던 것인데…. 이럴 수가. 내가 배신이라니. 내가 친산미파라니!

사람은 적응의 동물이라고 하지 않나. 그의 말에 속는 셈 치고 산뜻한 커피를 마셔 보았다. 그렇게 나는 산미 커피와 어제의 적에서 오늘의 최애 동지가 되었다. 정신 차리고 보니 점심 먹고 들르던 회사 옆 단골 카페의 주문 멘트도 바뀌어 있었다. "오늘은 스윗 스컹크 블렌드로 주세요." 변절자가 될 수밖에 없던 가장 큰 이유? 이렇게나 다양한 향과 맛이 존재한다는 사실을 발견해 버렸으니까. 커피에서 무슨 꽃향기가 나고 과일 맛이 나냐고 코웃음 치던 내가 정말 그 향을 맡고 그 맛을 느꼈기 때문이다. 어제 먹은 건 딸기 향이 느껴져서 신기했는데 오늘은 또 복숭아나 자두 같은 단맛이 난다. 어떤 애는 커피가 아니라 은은한 레몬차를 마시는 것 같은 느낌도 든다. 이전 글에서도 말했지만 내 미각은 궁핍하기 짝이 없다. 열 번 식당에 가면 아홉 번은 맛있게 먹고 나올 정도로 미각이랄 것도, 별생각이랄 것도 없는 사람이다. 그런 내가 커피의 향미와 질감 차이를 하나하나 따져본다. 시간에 따라 변해가는 맛을 감각한다. 컵노트에 뭐라고 적혀 있을지 맛으로만 추측해 보고, 이를 정확히 맞추고 나면 진심으로 즐거워한다. 강경 묵직파 분들께는 심심한 사과의 말씀을 전한다. 나는 돌아올 수 없는 강을 건넜다.

커피. 지금 나와 가장 가까운 취미다. 장장 10년을 달려온 커피 라이프는 여전히 쌩쌩한 현재 진행형. 테이블 위에 놓인 이 커피 한 잔이 내 일상에 얼마나 무수한 이야기를 안겨주는가. 가끔 편협한 안목으로 건방을 떨어댄다는 문제도 있지만, 그래도 커피를 향한 애정 공세는 당분간 멈출 기세가 없다. 더 느긋하게 음미하고 더 활기차게 대화하고 더 부지런히 찾아다녀야지. 나는 아직 배고프다. 아니, 나는 아직 목마르다. 그럼 내일은 무슨 커피 마시지?

결핍과 상처를 안고 살아가는
사람들의 이야기

연휴가 사라졌다. 주말까지 포함해 5일이나 됐는데 순식간
에 증발해 버렸다. 이게 다 드라마 때문이다. 황금 같은 연휴
를 드라마 정주행에 다 썼다. 나의 연휴를 증발시킨 드라마는
바로 배우 김다미와 최우식이 주연을 맡은 〈그 해 우리는〉이
었다. 방영 초기부터 호평 일색이라 한 번에 몰아보려고 끝날
때까지 기다렸다. 과연 최근 들어 가장 잘한 일이라 자평할 정
도로 보는 내내 즐거웠으니 후회는 없다. 그러고 보니 작년에
도 똑같았다. 딱 1년 전 이맘때에도 드라마 정주행으로 인한
여운에서 헤어나오질 못하고 있었다. 배우 이선균과 이지은
이 열연을 펼쳤던 tvN 수목드라마 〈나의 아저씨〉. 그때도 역

시 종영하고 한참 지난 뒤에 넷플릭스로 몰아봤는데, 이쯤 되면 매년 정초 의식으로 만들까 싶다. 새해맞이 헬스장 등록이나 재테크 입문, 영어 공부 대신 호시탐탐 종영만을 노렸던 웰메이드 드라마 정주행하기. 평생을 작심삼일의 연속으로 살아온 내게도 그리 어렵지 않은 미션이다.

〈그 해 우리는〉은 풋풋함과 설렘이 가득한 청춘 멜로물이다. 익숙한 현실 풍경 안에 최웅(최우식)과 국연수(김다미)의 사랑-이별-재회를 섬세한 시선으로 담았다. 다만 어느 커플의 연애 이야기로만 이 작품을 평가하기엔 아쉽다. 많은 사람이 '오랜만에 만나 반가운, 무해하고 착한 드라마'라고 평한 데는 다 이유가 있다. 〈그 해 우리는〉은 누군가의 상처와 결핍을 듣는 과정에서 나와 타인에 대한 공감대와 이해의 폭이 넓어질 수 있음을 일깨운다. 극중 인물들은 모두 다른 사연을 가지고 있지만, 어느 한 사람의 삶과 상처를 되짚다 보면 다른 인물의 삶까지도 마음에 들어온다.

연수에게는 가난이라는 상처가 있다. 사고로 부모를 잃은 뒤 할머니와 단둘이 살아온 그녀에게 가난은 언제나 함께하는 자연스러운 것이었다. 하루하루를 무사히 버텨내는 것조차 버거운 연수로서는 독하게 공부해서 성공하는 것만이 유일한 목표다. 남들처럼 돈 걱정 없이 할머니랑 건강하게 사는 것. 그렇게 기를 쓰고 악착같이 살아온 연수는 어느 순간 중대한 질문에 봉착하게 된다. '나는 지금까지 나를 위해 살아본 적이 있었나.' 혼자 감당하기 힘든 시련으로 인해 사랑하는 연인까지 버려야 했던 삶. 연수가 느꼈을 복잡한 감정을 헤아리다 보면 거기서 또 다른 주인공 최웅의 상처와 결핍까지 들여다보게 된다.

최웅은 어린 시절 아버지에게 버림받았다. 그리고 지금의 부모를 만나 모두가 부러워할 정도로 평화롭고 행복해 보이는 삶을 살아왔다. 그러나 웅의 마음속 깊은 곳에는 '빌린 삶'이라는 일종의 부채감이 늘 따라다니고 있었다. 내 삶이 내 것이 아니라는 불안과 서글픔. 완벽해 보여도 언제든 깨져 버릴 수 있는 일상이라 생각했기에, 어떤 것도 어긋나지 않도록 욕심도 꿈도 외면한 채 살았다. 뒤늦게 마주하게 된 공허함이, 그의 삶을 흔들 수밖에 없었던 이유다.

버려짐에 대한 트라우마를 떨쳐낼 수 없던 최웅과 감당할 수 없는 가난에 붙들려 있던 국연수. 내가 저지른 잘못이 아닌데도 이별의 순간에 내 생각과 감정을 욕심낼 수 없었던 두 사람. 연수의 눈물에서 웅의 슬픔이 보이고, 웅의 체념에서 연수의 한숨이 들린다. 다른 인물도 마찬가지다. 사실상 어머니에게 버림받은 것이나 다름없던, 그래서 남들처럼 평범하게 사는 것을 포기했던 지웅(김성철)의 모습에도 마음이 쓰인다. 화려한 삶을 살지만 끝없는 경쟁과 폭력적인 시선으로 인해 깊은 우울을 겪는 유명 아이돌 엔제이(노정의)의 아픔도. 다른 사건을 겪고, 다른 관계를 지나온 이들의 이야기를 따라가다 보면 그 길목에 서 있는 서로를 만나게 된다. 최웅의 말처럼 "다 불쌍한" 삶을 살고 있는 사람들. 그럼에도 자기 상처와 결핍을 끌어안고, 앞에 놓인 길을 묵묵히 걸어가는 사람들이다. 그 모든 걸음에 전적으로 공감하거나 동의하기는 쉽지 않을 것이다. 다만 받아들일 수 있다. 우리 모두에겐 나만 아는 사정이란 게 있는 법이니까. 미워하든 용서하든 사랑하든 그건 나중의 일이고, 한번쯤은 들어보고 생각해 볼 수 있는 거니까. 내가 아픈 만큼, 저기 저 사람도 자기 몫의 아픔을 짊어진 채로 살아가고 있다.

○

정주행은 한 번으로 끝나지 않았다. H에게 열심히 영업해 결국 같이 한 번 더 봤다. 연속으로 두 번이나 돌려보며 깨달았다. 나는 씩씩하게 살아가는 상처투성이 사람들의 이야기를, 너무나도 사랑한다는 걸. 원 없이 울고 웃고 나면 주변을 향한 내 시선이 한 뼘 더 넓어지고, 한층 더 깊어진다는 사실을 말이다. 고백하자면 나는 타인을 참 쉽게 판단하며 살았다. 불쾌한 말 한마디 들었다고 이후에 그가 보이는 모든 행동을 '무례하고 이기적인 자들의 공통점'으로 단정 지어 삐딱하게 바라봤다. 값싼 소문만 철석같이 믿고선 내적 손절을 감행한 먼 지인도 있었지. 밝고 긍정적이고 활력 넘치는 모습의 SNS를 보고 '저 사람의 삶엔 불행과 절망 따위 존재하지 않는구나' 건방지게 넘겨짚던 일은 뭐, 셀 수 없이 많다. 잘 알지도 못하면서 누군가를 함부로 재단하고 평가하는 거. 그런 사람들을 욕하면서 정작 나 역시 내 주변을 그렇게 바라보고 있었음을 〈그 해 우리는〉이 넌지시 알려주고, 충고해 줬다.

바깥뿐만 아니라 내 안을 들여다볼 기회도 줘서 고마운 작품이다. 나한테도 오랫동안 남아 있는 결핍과 상처를 연수 덕분에 곱씹어볼 수 있었다. 여유롭지 못한 주머니 사정으로 뭘 하든지 늘 쉽게 결정하지 못하고 머뭇거렸던 시간들. 여러 선택지 앞에서 자연스럽게 머릿속 계산대를 두드리던 내 모습들이 스쳐 지나갔다. 물론 지난날이 괴로운 감정으로만 기억되는 건 아니다. 가난 때문에 고통스러웠지만 옆에는 언제나 소중한 사람들이 함께하고 있었음을 깨달은 연수처럼, 나 역시 그렇게 살았기 때문에 무수한 것들을 이해할 수 있었음을

② 좋아 죽는 것들에 대하여

이제는 안다.

다들 그렇게 살아간다. 각자의 결핍과 상처를 안고서 묵묵히 자기 길을 걷는다. 그 와중에 곁에 있는 서로를 지켜봐 주고, 한마디씩 건네기도 하고, 때로는 안거나 업어주면서. 조금만 둘러보면 발견할 수 있는 풍경인데 바쁘고 힘들다는 핑계로 자주 잊어버린다. 아마 내년 이맘때도 성장물 혹은 휴먼 드라마를 모아 놓은 '웰메이드 드라마 추천 리스트' 따위를 뒤적거리고 있을 게 뻔하다. 드라마가 아니면 만나지 못할 사람들을 더 많이 만나고, 더 다양한 삶의 이야기를 경험해야 하니까. 나는 타인의 상처를 이해하고 싶고, 그렇게 나의 결핍과 화해하고 싶다. 내 주변에도, 강 넘고 물 건너 저 머나먼 땅에도 다 "불쌍하지만" 그럼에도 꿋꿋이 자기 삶을 살아가는 사람들이 있음을 기억하고 싶다. 평생을 애써도 쉽지 않은 일이겠으나 드라마는 앞으로 계속될 테니 걱정은 없다. 또 어떤 낯선 얼굴들과 새로운 풍경들이 내 앞에 나타날지, 2023년 새해를 경건한 마음과 조신한 자세로 기다려야겠다.

집돌이가 될 수 없는 이유

이사를 하고 나면 많은 게 바뀔 거라고 생각했다. 지금보다 조금 더 넓은 집으로 가면, 조금 더 쾌적하고 조금 더 예쁜 공간으로 가면 충분히 집돌이가 될 수 있으리라 믿었다. 종일 집에만 틀어박혀 있어도 지루할 틈 없이 바쁘고 재밌는 내가 되겠지. 순진한 생각이었다. 고대하던 이사를 치르고 정신없이 두 달의 시간이 흘렀다. 초반의 패기는 온데간데없이 사라지고 자꾸만 밖으로 나도는 내 모습만 보인다. 그제야 비로소 깨달았다. 나는 애초에 집돌이가 될 수 없는 유전자를 타고났다는 걸. 밖으로 놀러 다니는 게 세상 제일 즐거운 사람이 바로 나다.

주변 사람들은 신기해한다. "너는 혼자 어떻게 그렇게 빨빨거리면서 돌아다녀?", "정현 씨는 보면 혼자 부지런히 잘 돌아다니는 것 같아요. 안 힘들어요?" 처음엔 이게 그렇게 별일인가 싶었다. 다들 비슷하지 않나? 산책하고, 커피 마시고, 전시 보고, 가게 구경하는 거. 다들 주말이나 휴무일이면 이렇게 시간을 보내지 않던가.

물론 나는 틈만 나면 나가는 스타일이긴 하다. 현재는 주 4일 출근 시스템이라 금요일부터 일요일까지는 자유 시간인데, 밖에서 모조리 보내기도 한다. 금~토 빡세게 돌아다닌 후, 일요일 하루는 쉬어야지 마음먹어도 그게 잘 안 된다. 하다못해 동네 카페라도 나가서 책을 읽거나 멍하니 앉아 있다 와야 한다. 어떻게든 나가서 돌아다녀야 직성이 풀리는 유형이다. 집돌이, 집순이라면 절대 이해 못 할 인간이라는 거, 잘 안다.

하지만 좋은 점이 얼마나 많은데. 혼자 밖을 돌아다녀야 하는 이유는 차고 넘친다. 첫째, 운동이 된다. 나는 평소 운동하고는 담을 쌓고 지내는 사람이다. 헬스도 달리기도 요가도 싫어하는 나지만 다행히 걷는 것만큼은 좋아한다. 지나치게 덥거나 춥지 않은 날씨라면 웬만한 거리는 걸으려고 하고, 별다른 목적 없이 거니는 한가로운 산책도 즐긴다. 그렇게 열심히 걸어 다니다 보면 그나마 건강을 위해 뭐라도 하고 있다는 뿌듯함이 든다. 만 보 이상 걷고 들어온 날 느끼는 기분 좋은 피곤함은, 겪어 본 사람이라면 아마 잘 알 것이다.

또 맑은 날 원 없이 햇빛을 쬘 수 있다는 것도 무시 못 할 장점. 슬프게도 집에 볕이 잘 안 들어서 그런지 날이 조금이라도 맑으면 무조건 집 밖으로 나간다. 파란 하늘 보면서 걷거나 어디 한적한 카페에 앉아서 창 사이로 쏟아지는 햇볕을 쬐고 있으면 그간의 고민이나 번뇌 따위는 잠시 잊어버린다. 부족한 비타민 D를 공급받을 수 있으니 건강에도 좋고 마음에 활력을 불어넣기에도 좋다.

거리의 사람들을 구경하는 재미 또한 빼놓을 수 없다. 서울이라는 도시를 열심히 돌아다니다 보면 다채로운 외양과 분위기를 가진 사람들을 만날 수 있다. 특정한 스타일로 이름 붙이거나 분류할 수 없는, 가지각색의 개성을 뽐내는 사람들. 그런 이들을 직접 마주하고, 점차 그런 상황에 익숙해지다 보면 시야가 넓어지는 느낌을 받는다. 세상에는 정말 다양한 사람들이 있구나, 이런 모습을 하고 이런 표정을 짓고 이런 행동을 하는 사람들이 있구나. 많이 돌아다니면 더 많은 사람을 만날 수 있고, 그럴수록 다양한 모습과 행동에 나 역시 점차 관대해진다.

평소 눈여겨보던 카페나 숍에 방문해 구경하는 것도, 거기서 우연히 만난 사람과 대화할 기회가 생긴다는 것도 바깥 생활을 끊지 못하게 만든다. 처음 가본 가게의 사장님들과 나누는 스몰토크는 내 일상에 큰 활력이 되어준다. 그럴 때 보면 내 MBTI는 INFP가 아니라 ENFP인 것만 같다.

아직 끝나지 않았다. 자타공인 인스타그램 중독러로서 자주, 많이 돌아다니면 인스타에 올리기 좋은 예쁜 사진 찍을 확률도 높아진다. 좋은 사진가가 되려면 일단 카메라를 들고 찍을 대상을 찾아 주야장천 돌아다녀야 하는 법이다. 그러다 보면 인스타그램 게시물에서 끝나지 않고, 직접 기획하고 제작하는 콘텐츠와 관련된 유용한 재료까지 얻을 수 있다. 오프라인 공간 취재 기사를 쓰는 내겐 한 곳이라도 더 다녀본 경험이 큰 자산이 된다. 집에만 있어서는 어느 동네에 뭐가 있는지 휴대폰 속 지도로만 익힐 수 있을 뿐이다.

◯

무엇보다 내가 집돌이가 될 수 없는 가장 중요한 이유. 내 마음을 순식간에 즐겁게 만들어 주는 것이 무엇인지 깨닫게 된다. 내가 언제 기분이 좋아지는지, 내 마음이 바닥으로 떨어지지 않게 도와주는 것은 무엇인지. 따스하게 내리쬐는 오후의 햇빛. 구름 한 점 없이 맑고 파란 하늘. 목적지는 정해두지 않은 채 무작정 발 닿는 대로 걷는 산책길. 신기하게도 계속해서 예상치 못한 풍경을 선물하는 작은 골목들. 길모퉁이에서 나른하게 낮잠 자는 고양이. 신이 난 얼굴로 주인을 재촉하는 강아지. 운영자의 개성이 고스란히 묻어나는 멋진 공간. 향긋한 커피와 빵 냄새. 자리를 잡고 무언가에 몰두한 채로 각자의 시간을 보내는 사람들. 그런 장면들이 눈에 들어올 때면 나는 마음이 충만해진다. 별거 없는 소소한 풍경일 뿐인데 마치 있어야 할 곳에 그대로 자리한 듯한 자연스러운 삶의 모습들. 그 풍경이 내 마음을 편안하게 한다. 화가 나고 우울하다가도, 바깥에서 만난 화창한 날씨에 언제 그랬냐는 듯 마음이 풀어진다. 집 안에만 틀어박혀 있다면 경험할 수 없는 것들. 휴대폰이나 노트북 화면을 통해서도 볼 수 있는 것들이라도 나한테는 내 눈으로 보고, 내 귀로 듣고, 그 순간 그 자리에서 생각하고 느껴보는 게 더 중요하다.

기분이 바닥을 칠 때마다 나는 군말 없이 문밖으로 나설 거다. 내가 지금까지 열심히 저장해 둔, 나를 편안하게 하는 거리의 장면들을 만나러. 다 내려놓고 싶어질 때 나를 어디로 데려가야 할지 알고 있다는 건, 정말 든든한 자산이다. 그 든든

② 좋아하는 것들에 대하여

함을 더 자주 깊게 느끼기 위해서라도 나는 앞으로 더 부지런
히 돌아다닐 계획이다. 동에 번쩍 서에 번쩍, 열심히 빨빨거리
며. 이번 생에 집돌이 되기는 글렀다.

피자, 마이 소울 푸드

누군가 내게 인생 음식을 묻는다면 나는 1초의 고민도 없이 '피자'라고 답하겠다. 이 한결같은 마음은 살면서 단 한 번도 변한 적이 없었다. 가장 좋아하는 음식이라는 개념 자체를 인지하기 시작한 유년의 어느 시점부터 웬만한 건 다 맛있게 먹는 지금에 이르기까지 피자는 언제나 나의 1등 음식이었고, 아마 앞으로도 바뀔 일은 없을듯싶다. 과연 '소울 푸드'라고 명명해도 부족하지 않다.

일단 먹는 양만 봐도 그렇다. 다른 음식에 비해 피자는 두 배 이상을 먹는다. 라지 사이즈 기준으로 혼자서 다섯 조각은 거뜬히 해치운다. 흔한 일은 아니지만 피자 종류에 따라 라지 사이즈 한 판을 다 먹는 경우도 있다. 마지막 조각까지 다 해치우고 난 뒤의 모습은 내가 봐도 좀 별로다. 그래도 먹을 때만큼은 그 만족감이 이루 말할 수 없어 과식이라는 같은 실수를 반복하고 만다.

피자의 종류와 브랜드를 가리지 않는다는 점도 피자를 향한 나의 무조건적 사랑을 잘 보여주는 대목이다. 상대적으로 얇고 담백한 이탈리아식 피자와 두껍고 간이 센 미국식 피자. 나는 그 분류를 개의치 않는다. 그거 나눌 시간에 둘 다 맛있게 먹으면 되니까. 탕수육을 앞에 두고 부먹(소스를 부어 먹음)이냐 찍먹(소스를 찍어 먹음)이냐 가르고 비난할 시간에, 한 조각이라도 더 집어 먹어야 한다는 말씀과 같은 이치다. 피자 도우가 얇은 건 얇은 대로 좋고, 두꺼운 건 또 두꺼운 대로 좋다. 바질이나 루꼴라처럼 향긋한 재료가 듬뿍 올라가도 맛있고, 페퍼로니나 베이컨, 스테이크같이 묵직한 토핑이 가득 채워져도 맛있다. 어느 브랜드 피자인지도 전혀 상관없다. 도미노피자부터 피자스쿨까지, 이태원의 보니스 피자부터 성수동의 마리오네까지. 각자의 특색이 다를 뿐 나에겐 다 똑같이 '맛있는 피자'일 뿐이다.(가만 보면 많은 사람이 피자스쿨을 경시하는 경향이 있는데⋯ 모름지기 피자스쿨의 고구마피자는 K-피자의 마스터피스라고 생각한다. 난 매번 혼자서 한 판을 다 먹는다.)

물론 내가 지나치게 '애 입맛'이라는 건 인정한다. 피자뿐만 아니라 달고 짜고 자극적인 음식이라면 맥을 못 추니까. 건강식보다 정크푸드를 즐기는 모습은 취향을 떠나 내 한 몸 마땅히 책임져야 하는 어른으로서 바람직하지 못한 태도라는 걸 잘 안다. 부모님이나 여자친구에게 핀잔도 자주 들었다. 그래서 피자를 줄이려고 노력도 해봤다. 구체적으로 무슨 노력을 했는지 기억은 나지 않지만. 하여간 그와 멀어지려 애써 눈물을 참으며 갖은 힘을 다 썼다. 그러나 실패. 어림도 없는 실패. 나는 피자를 끊을 수가 없다. 애초에 불가능한 문제인지도 모르겠다. 그것은 단순한 기호와 식성의 문제가 아닌 내 깊은 곳에 새겨진 추억과 정서의 영역이기 때문이다.

나는 태아였을 때부터 피자라는 음식을 격하게 원하고 있었다. 기억은 나지 않지만 확신할 수 있다. 평소 피자를 그렇게 즐기지 않던 엄마가 나를 임신하고는 혼자서 두 판을 해치웠다고 하니까. 믿기 힘들겠지만 사실이다. 엄마의 요청으로 친구분께서 집에서 직접 피자를 만들어 주셨는데, 그걸 끊임없이 먹다가 정신을 차려 보니 두 판을 흡입한 뒤였다고. 엄마 뱃속에서부터 나는 아우성치고 있었던 거다. 어서 나를 위한 영양분을 공급해 달라고, 그 영양분은 반드시 피자라는 아름다운 음식으로만 얻을 수 있는 것이라고.

○

　무한 피자 사랑에 본격적으로 불이 붙은 건 영화에 등장한 피자를 만난 순간부터다. 나의 유년 시절을 함께한 영화 〈나 홀로 집에〉의 주인공 케빈 가족이, 여행을 떠나기 전날 한데 둘러 모여 피자를 먹던 장면은 아직도 생생하다. 케빈은 자기 몫의 치즈피자가 어디 갔냐며 부엌을 이리저리 헤매다, 버즈 형이 자신을 놀리기 위해 일부러 먹어 치웠다는 것을 알고선 분개한다. 그리고 가족들이 자기만 빼놓고 여행을 떠나 버려 집에 홀로 남게 됐을 때, 마음껏 자유를 누리던 케빈은 그토록 좋아하는 치즈피자를 시켜 먹으며 행복을 만끽한다. 보는 내 얼굴에도 덩달아 행복한 표정이 번졌다. 아, 얼마나 맛있을까. 저 피자를 꼭 먹어보고 싶었다. 부러운 건 피자뿐만이 아니었다. 케빈이 입고 있는 빨간색 스웨터도, 일가친척들이 다 모여 나눠 먹는 성대한 크리스마스 만찬도 갖고 싶었다. 호기심 많은 어린이였던 내게 〈나 홀로 집에〉가 펼쳐 보이는 모든 낯선 풍경들은 환상과 동경의 대상이 되기 충분했다. 피자를 향한 욕망은 제대로 맛보기도 전에 이미 뜨겁게 끓어올랐다.

　그러니 인생 첫 피자의 맛이 얼마나 강렬했을꼬. 전북에 살았던 사람들이라면 한 번쯤은 들어봤을 법한 그 이름, '임실치

즈피자'. 전라북도 임실군에서 생산된 자연 치즈로 만든 피자
라는 식의 광고를 했던 것 같은데 그땐 그게 무슨 의미인지 뭐
가 중요한지도 몰랐다. 그저 피자 먹는다는 사실만으로 행복
했을 뿐. 두툼한 팬 도우에 올라간 달짝지근한 불고기와 짭조
름한 모짜렐라 치즈의 조화. 단짠단짠의 정석과도 같은 K-불
고기 피자가 어찌 어린이 입맛을 비껴갈 수 있겠는가. 아직도
그때가 생생할 정도로 진한 기억이다. 그 황홀한 한 입을 만나
지 않았다면 지금의 김정현은 존재하지 않았을 것이다.(물론
엄밀히 따지면 인생 첫 피자가 아닐지도 모르지만, '가슴'으로 기억
하는 첫 피자라는 건 부정할 수 없다.)

　　앞으로도 먹어보고 싶은 피자야 넘쳐난다. 그중에서도 꼭
한 번 먹어보고 싶은 피자가 있다. 무슨 브랜드인지, 어떤 스
타일의 피자인지는 중요하지 않다. 다만 뉴욕에 가서 먹어야
한다. 여행 중 숙소로 잡은 맨해튼이나 브루클린의 어느 아파
트에서. 즐거운 하루 일정을 마친 뒤 지친 몸을 이끌고 돌아와
주문을 해야지. Bob's Pizza 따위의 심플한 이름을 내건 동네
의 잔뼈 굵은 피자집에 전화를 걸어 피자 한 판을 시키는 거
다. 뜨끈뜨끈한 상태로 도착한 투박한 피자를 한 입 베어 물고
는 시원한 맥주 한 모금, TV는 이름 모를 미국 시트콤을 틀어
놔야겠다. 조금 더 짜면 어떻고 조금 덜 예쁜 모양이면 뭐 어

때. 아마 그때 먹는 피자가 내 인생 피자의 왕좌 자리를 차지할 거다.

피자, 마이 리얼 소울 푸드. 맘 먹고 피자에 대한 이런저런 생각들을 써보는 건 처음인데 쓰다 보니 여지없이 피자가 땡긴다. 그래도 오늘은 일했으니까 먹어도 되지 않을까? 지난주에도 먹긴 했지만 그런 건 아무래도 상관없다.

나만 고양이 없어

초면에 실례입니다만 사랑합니다. 이 말 같지도 않은 소리를 종종 육성으로 내뱉는다. 거리를 걷다 보면 나도 모르게 튀어나온다. 하지만 예상치 못한 기습 고백 공격을 받은 이들은 나를 쓱 한 번 쳐다보고 별말 없이 제 갈 길을 간다. 우아하게, 사뿐사뿐. 뒤도 돌아보지 않는다. 괜찮다. 익숙하다. 상처 안 받는다. 다만 물끄러미 바라볼 뿐이다. 나를 습관성 고백 기계로 만들어 버린 그들의 요염한 뒤태를. 아, 꼬리 너무 예쁘다.

내가 고양이를 이토록 사랑하게 될 줄은 몰랐다. 몇 년 전만 해도 고양이를 두려워하고 싫어하는 유형의 인간이었으니까. 그의 눈빛이 무서웠다. 모든 걸 꿰뚫고 있는 양 가만히 바라보는 그 묘한 시선이 징그럽게 느껴졌다. 울음소리는 또 얼마나 날카로운가. 늦은 밤 으슥한 골목 어딘가에서 가늘고 카랑카랑한 소리가 들려올 때면 귀신이 나를 불러세운 것처럼 소스라치게 놀라곤 했다. 근데 또 발소리는 안 나서 가까이 다가와도 기척이 느껴지질 않는다. 고양이는 내게 기분 나쁜 긴장감을 주는 존재에 지나지 않았다. 거기에 오랜 시간 축적된 '도둑고양이'라는 이미지까지. 밖에 내놓은 음식물 쓰레기봉투를 파헤치는 도시의 골칫덩이에게 도통 호감을 가질 수가 없었다.

반려묘와 함께 사는 사람들을 이해하지 못했던 이유다. 귀엽고 사랑스러운 강아지를 놔두고 왜 고양이를 키워? 단순하고, 감정 표현 확실하고, 친밀한 교감을 나누는 강아지에 비해 속을 알 수 없고, 새침하고, 독립적인 성향을 지닌 고양이는 "애완동물"로서 적절하지 않다고 생각했다. 나만 보면 꼬리 흔드는 애교 많은 강아지가 짱이지. 멍청한 소리. 참 무지한 소리. 편견에 휩싸였던 어리석고 오만방자한 그때의 나를 만나게 된다면 냅다 머리를 후려치리라.

이쯤 되니 H에게 새삼 감사의 말을 전하고 싶다. 고양이라는 완벽한 생명체의 위대함을 알려준 일등 공신이기 때문이다. 흡사 복음을 전파하러 떠난 숭고한 믿음의 선교사처럼 그녀는 도통 포기를 모르는 사람이었다. 끈질기게 휴대폰을 들이밀며 전도 활동을 이어나갔다. 사랑은 증오를 이기는 법. 전 세계 수많은 고양이를 마음에 모시고 있는 프로 랜선 집사의 묘성애가 결국 나를 움직였다. 지고지순한 사랑의 감정이 인스타그램과 유튜브라는 21세기의 거대한 발명품과 만났으니 그 파괴력은 이루 말할 수 없었다. 이렇게나 귀엽고 사랑스러운 존재라고? 남의 집 귀한 고양이들, 평소엔 그냥 지나치거나 못마땅하게 째려봤던 길고양이들을 사진과 영상을 통해 구경하며 나는 새로운 세계에 눈을 뜨기 시작했다.

지금은 나 역시 프로 랜선 집사 대열에 당당히 속해 있다. 국내에서는 모리와 순무, 야통이와 버찌를 특히 애정한다. 영국의 에릭과 러시아의 진저도 하루의 고단함을 날려주는 고마운 친구들이다. 심지어 한국 길고양이들을 사진으로 기록하는 '이용한' 고양이 작가님의 계정과, 지구촌 고양이들의 귀엽고 사랑스러운 모습들을 모아 두는 'happycatclub' 계정까지 팔로우한다. 이제 알고리즘이 선사하는 김정현 맞춤 콘텐츠에는 고양이가 절대 빠지지 않는다. 현대 정보 기술의 혜택을 제대로 누리고 있는 셈이다.

랜선을 타고 퍼져나가는 사랑은 화면 밖 세상으로도 번졌다. 거리에서 만난 고양이들이 점점 달리 보이기 시작했다. 더 유심히 관찰하게 되고, 그러다 보면 나도 모르게 미소가 지어지고, 유난히 경계를 심하게 하는 친구를 보면 내가 다 안쓰럽고, 날이 추워지거나 비가 세차게 내리는 날이면 무사히 버티고 있을지 걱정이 됐다. 괜히 뭐라도 하나 챙겨주고 싶어지는, 그 마음의 변화가 느껴질 때마다 스스로가 신기했다. 골목을 걷다가 고양이를 만나면 무조건 한마디씩 말을 건넨다. "얌마. 왜케 이뻐." 겁먹고 도망가면 안 되니까 아주 조심히 나긋나긋 부른다. 대개는 한 번 쳐다보고 경계하다가 휙 돌아서 버린다. 드물게 나를 궁금해하는 친구들도 있다. 가까이 가보고는 싶은데 이 시커먼 털보 아저씨를 좀처럼 신뢰할 수 없어 쉬이 넘어오지는 못한다. 가끔 가다 정말 한 달 치 운을 다 끌어다 쓰는 경우는 나에게 성큼성큼 다가오는 용감하고 넉살 좋은 아이들을 만날 때다. 사람을 워낙 좋아하는 사교성 만렙 냥이들은 자신을 호의적으로 바라보는 인간들의 꿀 떨어지는 눈빛과 목소리를 단박에 캐치한다. 이미 승기를 잡았다는 걸 확신했는지 멍청하게 가만히 서 있지 말고 얼른 머리나 쓰다듬으라며 꼬리로 바짓단을 비비거나 내친김에 발 위로 벌러덩 누워 버린다. 이 천금 같은 기회를 날려 버릴 수 없다. 호흡을 가다듬는다. 기꺼이 몸과 마음을 열어준 분들께 조금이라도 즐거운 시간을 제공해야지. 열과 성을 다해, 머리통 마사지. 이 황홀한 장면을 나만 볼 순 없으니 재빨리 영상과 사진으로 남기는 건 필수다.

○

아무리 많은 고양이를 만나고 사랑에 빠져도 내 맘속 최고의 고양이는 바뀌지 않는다. 왕좌를 굳건히 지키고 있는 그의 이름은 막시. 내 오랜 친구와 함께 바닷가 시골 마을에 살았던 코리안 숏헤어 뚱냥이다. 거의 계절마다 만났고, 2017년 가을에는 아예 3개월을 같이 생활하기도 했다. 매일 막시랑 놀고 밥 챙겨주고 자는 모습 구경하던 그때가 아른거린다. 사납고 새침하기는커녕 순하고 수다스러웠다. 궁금한 건 또 얼마나 많던지. 묵직한 뱃살 때문에 높은 곳에서 뛰어내릴 때는 항상 '우후루우~' 같은 요상한 소리를 내곤 했다. 자리를 잡고 앉아 눈 위부터 뒤통수까지 열심히 만져주면 스르륵 눈을 감고 극락의 세계로 빠져들던 녀석. 휴대폰 키패드나 노트북 자판을 두드릴 때보다 백 배 천 배 가치 있는 손놀림이었다고 자부한다. 꽤나 열심히 놀아줬다. 사실 막시가 나를 상대로 놀아줬다는 편이 더 정확하다. 내내 자다가 밤이 되면 활동적으로 변하는 막시와 사냥 놀이를 할 땐, 내가 더 신나서 우다다다 방을 헤집고 다녔다. 순식간에 나를 쫓아와 내 발목을 콕, 하고 찍을 때면 그렇게 사랑스러울 수가 없었지. 고양이 알레르기가 있다는 사실을 뒤늦게 깨달았지만 그런 건 아무래도 상관없었다. 막시와 함께 있으면 나는 행복했다.

가끔 질문을 받는다. 그렇게 좋아하면서 너는 왜 고양이 안 키워? 당연히 나도 같이 살고 싶다. 친구네 고양이도 예쁘고 화면 속 고양이도 예쁜데 우리 고양이는 오죽하겠어. 하지만 '아, 나만 고양이 없어'라는 실없는 한탄 정도로 그친다. 솔직히 자신이 없다. 이왕 같이 산다면 건강하고 편안하게 지낼 수 있도록 신경 써야 할 텐데. 예방 접종부터 사료, 캣타워, 모래, 예상치 못한 병원 진료 등 적지 않은 지출을 감당할 여력이 없다. 집의 구조와 크기도 고양이와 함께 살기에는 적절치 않다. 무엇보다 나는 집돌이가 아니라서 안 된다. 여러 조건이 최상으로 갖춰진다 해도 이것만큼은 해결될 수 없는 문제다. 고양이는 혼자 있어도 괜찮다는 거, 말도 안 되는 소리다. 그들도 당연히 외로움을 느낀다. 독립적인 영역과 시간은 보장해 주되, 방치되지 않도록 세심히 돌봐야 한다. 항상 밖으로 나도는 내가 그 돌봄 노동을 잘 해낼 수 있을까? 어찌어찌 꾸역꾸역 해내더라도 점점 부담이나 짐처럼 느껴지진 않을까. 훌쩍 떠나고 싶을 때 떠날 수 없는 게 짜증 난다고 은근히 고양이 탓을 할 미래의 나새끼를 상상하면 정말이지… 그런 일은 없어야 한다. 속상하지만 다 고양이를 위한 일이다.

그러니까 내 주변 사람들은 얼른 다 고양이 집사가 되어야 한다. 책임감을 갖고 지극정성으로 돌보면서 반드시 내 집과 멀지 않은 곳에 살아야 한다. 바쁜 일 있을 때마다 내가 대신 놀아주러 갈 테니까. 출장이나 여행을 가게 되면 며칠간 내가 밥 챙겨주고 화장실 청소하고 시원한 두피 마사지까지 포함된 토털 케어 서비스 들어가겠다. 평생 집사가 되어줄 순 없어도 일일 집사는 되어줄 수 있다. 그날이 오면 행복에 젖어 외쳐볼 수 있겠지. 아, 나만 고양이 없어! 근데 내 주변에 다 고양이 있어!

술도 못 마시는 주제에

술을 좋아한다. 사실 좋아한다고까지 말하기는 민망하고 호감이 좀 있다 정도? 못 마셔도 너무 못 마시기 때문이다. 맥주 한 캔만 먹어도 혼자 피쳐 하나를 들이킨 것처럼 얼굴이 터지려고 한다. 이십 대 초반만 해도 술에 대해선 오히려 반감이 가득했다. 술만 들어가면 어딘가 변해 버리는 듯한 사람들의 모습이 낯설었다. 그 낯섦이 유쾌하진 않았다. 왁자지껄한 분위기도 싫었다. 우르르 몰려다니면서 떠들고, 웃고, 소리 지르며 노는 풍경이 나랑 전혀 맞지 않았다. 평소엔 잘만 까불거리면서 이상하게 술자리만 가면 내 안의 내향성이 막을 틈도 없이 새어 나왔다. 거기에 어릴 적부터 뿌리 깊게 박혀 있던 모태신앙 크리스천의 사고방식까지 더해지니 나와 술의 거리는 좀처럼 좁혀지지 않았다.

하지만 지금은 다르다. 갈수록 호감이다. 술이야말로 내 과몰입과 허세의 좋은 파트너라는 사실을 발견했으니까. 사람들이 술을 좋아하는 이유와는 좀 결이 다를지도 모르겠다. 나한테 술은 맛도 친목도 아닌, 오로지 무드를 위한 것이다. 일단 술맛을 잘 모른다. 맥주나 와인, 하이볼을 마시고 '오, 맛있다' 정도에 그칠 뿐, 그 이상의 세세한 맛 구별은 잘하지 못한다. 다들 인생의 맛이라며 예찬하는 소주는 너무 쓰기만 하고, 위스키는 있어 보이고 싶은 마음에 어떻게든 맛있다고 하고 싶지만 솔직히 아직까지는 그냥 화학 약품 같다.

친목을 위해서 술이 필요한 것도 아니다. 나는 술 없는 대화, 잘만 한다. 어렸을 때부터 진지한 얘기, 감성적인 얘기 이런 거 술 한 방울 안 마시고도 잘했다. 그건 지금도 마찬가지. 커피 한 잔 앞에 두고도 네다섯 시간 얘기할 수 있는 사람이 나야, 나. 학생 때는 동기 형과 카페 두 번, 식당 한 번을 거치며 무려 8시간 동안 수다를 떤 기록도 보유하고 있다. 그마저도 못다 한 이야기가 남아 헤어질 때 얼마나 아쉽던지. 그때 술집에 갔다면 오히려 두 시간도 못 버티고 일어났을 거다. 술이 약해도 너무 약해 금세 얼굴이 벌게지고, 몸이 뜨거워지기 시작하고, 좀 더 있으면 종합적인 알딸딸함이 몰려온다. 피가 되고 살이 되는 이야기들을 홀랑 놓쳐 버릴 공산이 크다. 아, 화장실 자주 들락날락하는 것도 싫다. 한창 무르익어가는 대화의 흐름을 깨는, 참으로 성가신 요소가 아닐 수 없다.

그런 내가 오늘날 술에 이렇게 긍정적인 감정을 갖게 된 건, 나로서도 신기한 변화다. 살다 보니 깨달음이 왔다. 술이라는 게 나랑 잘 맞는 구석도 있네. 술의 종류에 따라서, 술을 마시는 장소에 따라서, 함께 먹는 사람과 그날의 날씨 등 여러 요인이 화학적으로 결합하며 근사한 분위기를 만들어 준다는 걸 이제야 조금은 알 것 같다. 오해하지는 말자. 단순히 취기가 올라 기분 좋은 거랑은 다르다. 핵심은 나의 타고난 주특기인 허세와 과몰입을 효과적으로 도와준다는 데 있다. 맥주는 맥주대로, 소주는 소주대로, 와인은 와인대로. 각각의 술에서 나는 그 술을 즐기는 나만의 그럴듯한 모습을 상상해 보곤 한다.

'빅 웨이브 골든 에일'이라는, 이름부터 멋이 폭발하는 맥주를 마셨을 때가 그랬다. 코와 입으로 밀려드는 산뜻한 열대과일 향미에 나는 별안간 서퍼가 된 느낌이었다. 병을 집어 들었을 때부터 '부럽다'는 말이 튀어나왔다. 라벨에 그려진 푸른 파도를 통과하는 사람들 그림에 시선을 빼앗긴 거다. 뜨겁게 내리쬐는 태양 아래, 파도가 만든 동굴로 몸을 던지는 이들. 사실 나는 수영을 전혀 못 한다. 바다는 좋아하지만 물에 들어가는 것이 조금은 두렵다. 그런 나에게 파도의 리듬을 따라가는 모습은 그저 동경의 대상일 뿐이다. 거센 물살을 온몸으로 느끼며, 설령 균형을 잃고 넘어지더라도 웃어넘길 수 있는 여유. 코에 물이 들어가는 것쯤 알 바 아니라면서 기꺼이 위기를 몇 번이고 마주하는 서퍼들에게 질투와 부러움을 품다 보면 어느새 해변을 거니는 (처음 보는) 나에게로 시선이 옮겨간다. 장 미셸 바스키아의 그림으로 커스터마이징한 전용 서핑 보드 위에서, 지금보다 두 배로 커진 매끈한 구릿빛 몸매로 균형을 잡고 있는 한 남자. 신나게 파도를 타다 배가 좀 출출하다 싶으면 근처 단골 펍으로 향한다. 산타 모니카 해변에서 파도 좀 탄다는 동료 서퍼들의 존중 어린 눈인사를 받으며 주문하는 늘 먹던 피자와 맥주 한 잔. 양손 가득 치즈피자와 빅 웨이브 골든 에일을 든 (여전히 낯선) 내 표정이 그렇게 행복해 보일 수가 없다.

하이볼을 마실 때면 또 어떤가. 이번에는 도쿄의 거리로 무대를 옮겨보자. 일주일 내내 계속된 야근을 마치고 드디어 집으로 돌아가는 금요일 밤. 몸은 천근만근이지만 다가올 주말을 맞이하는 마음만큼은 날아갈 듯 가볍다. 불현듯 가슴에 차오르는 보상심리로 이대로 집에 들어가기는 아쉽다고 생각한 찰나, 가게 하나가 시야에 들어온다. 영화 〈심야식당〉이 떠오르는 따스한 불빛의 작은 이자카야. 홀린 듯 걸어 들어가 문을 열자 온기 가득한 공간이 펼쳐지고, 주인장이 무심한 표정으로 인사를 건넨다. 한쪽 구석 바 자리에 자리를 잡고 메뉴판을 골똘히 보다가 이내 주문한다. "가라아게 하나랑 야키소바, 그리고 가쿠 하이볼 주세요." 잔에 가득 담긴 시원한 하이볼을 크게 한 모금 들이켜면… 아, 모든 번뇌와 스트레스가 씻겨 내려가는 듯한 이 청량감이여. 적당히 북적거리는 사람들의 대화 소리와 웃음소리를 배경음악 삼아 한 잔, 음식은 입에 맞냐며 아닌 척 세심히 신경 써주는 마스터의 배려를 벗 삼아 한 잔. 밤이 깊어가도록 즐거운 심야 혼술을 이어간다. 〈심야식당〉 3가 나온다면 내가 주인공으로 나와야 한다니까.

혼자 북 치고 장구 치고 다 하는 이 신명 나는 상상에 소주가 빠지면 섭섭하다. 바로 종로 새벽 포차 감성 나와줘야 하는데. 야근에 찌든 직장인 주인공은 하이볼 편에서 써먹었으니 소주 편은 '힘들어하는 절친 주인공의 곁을 묵묵히 지켜주는 철없지만 믿음직한 백수 조연 친구' 정도로 가볼까. 짠 내 나는 사연과 시청자들의 가슴앓이를 자아낼 관계성이 들어간 각본이 술술 그려지지만, 그래도 소주에 대한 환상은 이쯤 하고 끝내야겠다. 도무지 소주는 호감이 가질 않으니까. 반병만 마셔도 머리가 깨져 버릴 것 같다. 마음을 울리는 청춘 드라마 감성을 포기하는 게 아쉽지만 어쩔 수 없지. 소주 말고도 술은 많고, 내 허무맹랑한 상상력에는 한계가 없다.

네가 술 얘기를 한다고? 코웃음 치는 지인들의 목소리가 들린다. 알코올 혐오에 가까운 스탠스를 유지하던 이십 대 초반의 나를 기억하는 이들은 굉장히 어이없어 할 것이다. "술 맛도 모르는 자식이 허세 부리기는." 미안하지만 난 개의치 않는다. 시건방 조금 보태서 말하자면 그런 당신이야말로 '진짜 맛'을 몰라도 한참 모르는 거니까. 누가 술을 맛으로 먹나, 분위기로 먹지. 벌게지는 얼굴색과 술 약속의 월평균 횟수와는 별개로 더 행복한 건 내 쪽이라는 데 확신의 오백 원을 건다. 오랜만에 한잔하러 가야겠다. 맥주 작은 캔 하나면 충분하다.

성공한 소비, 실패한 소비

　뭘 많이 사는 편은 아니다. 좋아하는 건 끝이 없지만 구매하는 건 생각보다 많지도, 다양하지도 않다. 밥 먹고 빵 먹고 커피 마시고 생필품 사고. 딱 그 정도다. 아주 가끔 욕망이 이성을 지배할 때 옷 한 벌씩 사는 건 인간적으로 봐줘야 한다. 지나가다 들른 상점에서 괜히 3천 원짜리 잔잔바리 아이템을 업어오는 것도. 삶에서 소비의 비중이 크지 않은 이유는 별거 아니다. 돈이 없어서, 지금보다 돈이 더 없었던 시절의 기억이 있어서, 매번 사는 것 외에 딱히 더 소비할 만한 거리가 없어서. 여기저기 많이 쏘다니긴 하지만 주로 집-식당-카페 정도로 생활 동선은 단순한 편이다. 애초에 소비 항목이 무한 증식

할만한 최적의 환경이 아닌 셈.

그러나 변수는 늘 존재하는 법이다. 소비에 영향을 주는 변수 중에서도 끝판왕이라고 할 수 있는 '이사'가 나를 기다리고 있었다. 심지어 이사를 할 땐 대부분의 물건을 그대로 놔두거나 버리고 가야 했기에, 새로 사야 할 것도 엄청 많다. 상황은 달라졌다. 통장이 깜짝 놀라 기절하진 않았나 걱정될 정도로 돈을 물 쓰듯 썼다. 카드 결제 문자가 이토록 자주 온 적이 있었던가. 와중에 묘하게 쾌감을 느끼는 내가 제정신이 맞는지 혼란스러웠다. 그렇게 쌓인 몇 달 치의 지출 내역. 쟁쟁한 경쟁자들 사이에서도 유독 인상적이었던 두 가지의 소비 항목이 기억에 남는다. 소비의 규모도 대상도 극명하게 다른 둘이었지만 모두 나에게 깊은 깨달음을 안겨줬다.

성급해서 실패한 소비 : 불광동 전셋집

같은 실수를 세 번씩이나 했다. 이 사실만으로도 나는 나에게 화가 났다. 다만 집에 관한 실수라면 분노의 차원이 달라진다. 그 어떤 망한 소비도 집을 잘못 고른 것에 비할 수는 없다. 다 때려치우고 도망가고 싶었다. 이 집에서 2년이나 살아야 하는데 어쩌지? 나는 4년 전에도 똑같았다. 아차, 싶었을 땐 이미 좁디좁은 방과 그 속에 덩그러니 서 있는 나만 보였다.

핑계는 많았다. 시간이 별로 없잖아. 선택지는 더 없잖아. 어차피 이 돈으로 서울에 방 얻는 건 불가능에 가깝다며 정신승리를 거듭했다. 나라에서 빌려주는 청년주택의 기회를 놓친 뒤 손가락 빠는 것보다야 이게 나은 거라고 되뇌면서.

그래도 그렇지. 그 집에서 재계약을 한 건 생각할수록 뒤통수를 후려쳐도 모자란 결정이다. 내내 욕하고 살았던 집이었으면서 계약을 또 연장한다고? 그때의 나를 멱살 잡아 봤자 돌아오는 건 나약한 울먹임 뿐. "새로 집 찾고 서류 문제 해결하고 이사까지 준비할 여력이 도저히 없었는데요…" 다시 기도가 시작되었다. 매일 같이 빌었다. 진짜 다음 집은 어떻게든 더 나은 데로 가게 해주세요. 마지막 남은 2년의 혜택을 날려버릴 순 없어요.

하지만 세상에 그럴 수 없는 건 없다. 마지막 2년도 보기 좋게 날렸다. 뭐가 급하다고 또 이렇게 단점투성이인 집으로 들어왔지. 일단 지금 집은 지리적 위치와 주변 환경이 별로다. 집 자체도 낡고 어둡고 습하다. 냄새와 벌레를 신경 쓰지 않을 수가 없다. 혹시 싱크대 냄새라는 걸 아는지? 입주하고 가장 큰 스트레스가 바로 그였다. 첫날부터 주방 근처만 가면 은은하게 올라오는 게 여간 짜증 나는 일이 아니었다. 나는 냄새에 별로 예민하지 않은 사람이다. 하지만 어쩌면 그런 사람이 아

닐 수도 있다는 걸 이 집 와서 깨달았다. 제습제는 소용없었
다. 습기는 습기고 악취는 악취다. 탈취제도, 악취 방지 트랩
도 말짱 도루묵이다. 그러데이션 짜증이 절정에 다다른 건 그
로부터 이틀 뒤. 늦은 밤, 바 선생을 두 분이나 뵈었다. 냄새에
별로 예민하지 않은 나는 벌레도 곧잘 잡는 사람이다. 어쩌면
그것도 아닐 수도 있다는 걸 이 집 와서 깨달았다. 시원하게
육두문자만 내뱉다 새벽 2시가 넘어 겨우 잠들었는데, 아. 바
퀴벌레 악몽까지 꾼 내 인생이 레전드. 이 집은 초장부터 나를
긴장하게 했다. 할 수 있는 거라곤 하늘 보며 퍽퍽 한숨 쉬기.
'홈 스윗 홈'은 진짜 가능한가요?

느긋해서 성공한 소비 : 커피 그라인더

드디어 나도 홈 카페를. 그래도 이사하면서 가장 설렜던 부
분 중 하나다. 이제 집에서 커피를 내려 마실 수 있는 건가. 때
마침 지인들이 하나씩 도구를 선물해줬다. Y가 노란 색감이
예쁜 인포멀웨어 드리퍼를, C가 깔끔하고 모던한 블루보틀
서버를, 회사 대표님이 예쁘고 기능도 훌륭하지만 비싸서 그
림의 떡으로만 여기던 펠로우 드립 포트를 사줬다. 온 지구가
나의 홈 브루잉을 바라고 있다!

바로 그때 고민에 빠졌다. 가장 중요한 게 남아 있었다. 그

라인더는 뭘 사지? 좋은 그라인더 없이 맛있는 커피는 존재할 수 없다. 커피를 좋아하면서 알게 된 사실이다. 빠르고 섬세하고 균일하게 분쇄 가능한 그라인더의 유무에 따라 홈 카페의 퀄리티는 달라진다. 맛에 결정적인 역할을 하는 만큼 더럽게 비싸다는 게 문제다. 나름대로 머리를 굴려가며 예산을 책정했다. 넉넉하게 20만 원대로 가자. 가격 범위를 좁히자 몇몇 후보가 눈에 들어온다. 페이마 600N, 하리오 EVCG, 바라짜 엔코. 다 좋아 보이지만 단골 카페 사장님들은 그 이상을 추천한다. "이왕 사는 거면 좀 더 투자하시죠." 핸드 그라인더 계의 명품으로 불리는 코만단테도 괜찮다고 하는데… 가격은 전혀 안 괜찮다.

구매는 한참 뒤에야 이뤄졌다. 국내 회사에서 출시한 브루소라는 핸드 그라인더다. 뭘 그렇게 고민을 많이 했나 싶지만 그래도 충분히 찾아본 덕분에 예상치 못한 성과를 거뒀다. 나의 일과를 처음으로 유심히 들여다보게 된 거다. 하루 생활 패턴과 요일별 스케줄을 파악하고, 집에 체류하는 시간은 어떻게 채워놓았는지 곰곰이 따졌다. 집에서 커피를 얼마나 마시게 될까. 월요일부터 목요일까지는 사무실 출근을 하니 쉽지 않겠다. 아침잠이 많아 일찍 일어나 마시는 건 상상도 못 하고 퇴근 후 밤에 마시는 건 잠 못 들까 괜히 부담된다. 그럼 남은 건 금요일과 주말뿐인데… 금요일에는 대개 공간 취재를 나가 밖에서 커피를 마신다. 결국 주말 중에서도 여유롭게 집에 있는 날로 한정될 테니 막상 집에서 커피를 마실 일은 아주 적겠군. 아예 안 먹진 않고 아마 분명 '아, 커피 땡긴다' 하는 순간이 찾아올 거다. 그때만큼은 정말 맛있는 커피를 내려 먹고 싶다. 핵심은 여기에 있다. 지금 내 상황에 더 합리적인 선택지는 무엇인가.

반대를 무릅쓰고 핸드 그라인더 구매를 밀어붙인 이유다. 매번 손도 아프고 귀찮을 거라지만 어차피 자주 먹을 거 아니니까. 전동보다야 불편하겠지만 너무 빡빡하지 않고 어느 정도 분쇄가 일정하게 이뤄지기만 하면 된다. 심지어 작고 가벼워 본가에 가거나 여행을 떠날 때 휴대도 가능하다! 한 번 기준이 세워지자 결제까지는 일사천리로 이뤄졌다. 한껏 부풀려진 로망이 아니라 내 일상 위에 세운 기준 덕분에. 취향 이전에 생활이 있다. 하고 싶었던 것, 기대했던 것보다 오늘 내 생활이 어떤 모양과 속도로 굴러가고 있는지가 더 중요하다. 그걸 이해하게 된 것 같아 기다린 시간이 전혀 아깝지 않았다. 다행히 결과도 대만족. 원두를 가는 데 전혀 힘들지 않다. 맛도 좋다. 업장도 아니고 집에서 혼자 이 정도면 됐지, 뭐.

○

하나는 허탈함과 좌절감을 준 소비. 다른 하나는 뿌듯함과 만족감을 준 소비. 느낀 감정은 판이하지만 어쩐지 끝에 남는 깨달음은 비슷하다. 내 일상을 얼마나 반영하느냐에 따라 소비의 가치는 달라진다는 점. 정작 내가 소외되는 소비를 범하지 않기 위해서는 현재 내 성향, 필요, 선호를 진득하게 따져봐야 한다. 그런 여유는 단번에 생기는 게 아니므로 평소에 자주, 많이, 꾸준히 생각해야겠지.

한편으로는 이런 의문도 든다. 내가 구매하고 소비하는 게 정말 나를 이루고 있는 게 맞나? 보는 건 그냥 보는 거고, 사는 건 그냥 사는 거 아닌가. '소비하는 나'가 나라는 인간의 몇 퍼센트나 차지한다고. 소비 활동에 거창한 의미를 부여하는 게 되려 내 삶을 피곤하게 만들지도 모른다. 에휴, 어차피 인간의 욕심은 끝이 없고 같은 실수를 반복할 텐데 말이다.

한 남자가 있어, 홍대를 사랑한

　'홍대병'이라는 신조어가 크게 회자된 적이 있다. 김서윤 하위문화 연구가가 〈주간 조선〉에 쓴 글에 따르면, 홍대병은 "힙스터처럼 꾸미고 다니는, 즉 남들과 무조건 다른 것을 추구하는 사람을 비판적으로 부르는 단어"다. 힙스터바라기들이 많이 모이는 지역이 서울 홍대입구라서 그런 이름을 붙였을 것이다. 꽤 재미있고 재치 있는 말이라고 생각한다. 다만 저 말을 들을 때마다 나는 마냥 웃지 못하고 상념에 잠기는데… 이유는 두 가지. 일단 나 역시 홍대병에 걸렸었다는 걸 부정할 수 없다. 무조건 다른 걸 추구하는 타입인지는 모르겠으나 무조건 있어 보이고 싶고 힙스터로 여겨지길 원하는 사람인 건 맞다. 두 번째 이유는 조금 다르다. 홍대병이란 말이 꼭 '홍대를 향한 상사병'이란 말처럼 들린다. 그리고 그 역시 반박할 수가 없다. 나는 홍대를 사랑했다.

전북 익산에서 나고 자란 촌놈이 대학 진학을 위해 대도시로 상경한 나이, 스무 살. 서울에 처음 올라온 나는 걱정보다는 기대와 설렘으로 가득했다. 이후 닥쳐올 각종 시련과 고난 따위 알지 못한 채 드디어 우물 밖을 벗어났다는 생각만으로 마냥 들뜨고 신난 채 돌아다녔다. 광화문, 한강, 명동, 강남, 이태원까지 발 닿는 곳마다 별천지였다. 뭐가 이리 다 크고 화려하고 재미있지? 정작 내가 편히 누릴 수 있는 건 별로 없었음에도, 시야에 담는 것만으로 뭐라도 된 것만 같은 날들이었다. 그중에서도 홍대입구는 가장 상징적인 지역이었다. 서울에서 제일가는 핫 플레이스라고 생각했으니까. 홍대에서 놀 줄 알아야 제대로 된 서울 라이프를 누리는 거라는 굳은 믿음이 있었다.

아직도 생생하다. 처음 홍대로 놀러 간 날. 내가 가진 얼마 안 되는 옷 중 가장 깔끔한 걸로 챙겨 입고 나섰다. 미처 다 펴지지 않은 주름이 애잔한 흰색 셔츠, 그보다 더 애잔한 무릎 발사 스타일 검은색 면바지. 그 유명한 모나미룩을 입고서 홍대입구역 9번 출구를 나섰다. 깜짝 놀랐다. 사람이 엄청나게 많았다. 심지어 예쁘고 잘생긴 사람들이 수두룩했다. 두 가지 감정이 동시에 나를 덮쳤다. 주눅 들었다. 여기서 내가 제일 찌질이잖아! 하지만 동시에 묘한 쾌감도 느꼈다. 내가 이들 사이에 껴 있다니. 나도 이제 서울 사람 다 된 건가. 물론 나는 백 미터 밖에서 봐도 이제 막 서울에 입성한 티가 나는 촌뜨기였다. 오긴 왔는데 막상 딱히 할 수 있는 게 없었다. 원체 놀 줄도 모르고 술도 못 마시는 탓에 '코쿤'이니 '베라'니 '엔비'니 하는 클럽에는 들어갈 엄두도 못 냈다. 그냥 걸었다. 쉴 새 없이 주변을 두리번거렸다. 눈에 보이고 귀에 들리는 모든 게 새롭고 신기하고 정신없고 황홀했다.

옷을 산 것도 예정에 없던 일이다. 익산에서 혼자 쇼핑하는 것도 어려워했던 내가 무려 홍대에서 옷을 산다고? 스무 살 애송이에겐 결코 만만찮은 도전이었다. 하지만 콧바람이 잔뜩 들어간 나는 싸구려 보세 옷이 걸려 있는 가게로 호기롭게 들어간다. 그리고 1초 만에 긴장한 모습을 들켜 버려 속절없이 그날의 호갱으로 선정됐다. 모든 게 순식간이었다. 뜨내기를 놓치지 않은 베테랑 직원 누님이 다가와 칭찬 폭격을 퍼붓는 것 아닌가. 구경하는 옷마다 너무 잘 어울린다며 심지어 나를 오빠라고 불렀다. 아니, 난 스무 살인데! 누님은 못 해도 대여섯 살은 더 많아 보이시는데! 초등학생 때부터 이어져 온

노안 때문에 내 나이를 착각했든, 내 환심을 사려고 일부러 오빠라고 불렀든 지금 생각하면 둘 다 짜증난다. 그러나 그 시절의 나는 그저 벌게진 얼굴로 어리바리 했을 뿐. 정신을 되찾았을 땐 위아래 세트가 든 쇼핑백을 품에 가득 안고 있었다. 동대문 밀리오레 성님들한테 걸리지 않은 게 어디냐며 애써 자위한 건 비밀이다.

본격적으로 홍대라는 동네에 매료되기 시작한 건 '홍대 앞 문화'라는 걸 알게 되면서부터다. 90년대 중후반 홍대를 기반으로 활동하던 인디 록 밴드와 여러 분야의 신진 아티스트, 그들을 적극 지지하고 소비하는 힙스터들이 주축이 되어 만들어낸 일종의 문화예술 지형. 기성 주류 문화와 상업주의에 저항하고 다양성과 대안 가치를 내걸며 열정적인 움직임을 만들어내던 그때 그 시절 이야기를 우연히 들은 뒤로는 걷잡을 수 없는 동경과 환상에 사로잡혔다. 그럴 만도 했다. 지적 허영심이 최고조로 달해 있던 이십 대 초반의 나에게, 청춘의 가장 멋진 모습만을 압축해 놓은 듯한 홍대 앞 문화의 전설이 얼마나 매력적으로 다가왔겠는가. 남들보다 특별하고 싶은 나, 더 자유분방하고 싶은 나, 주체할 수 없는 창의적 에너지를 마구 내뿜고 싶은 나. 하지만 현실은 아주 전형적인 모범생 루트를 타온 나. 전혀 파란만장하지 않은 삶을 살아온 샌님 같은

나. 원래 반대가 끌리는 법이라고, 나는 잘 보이지도 않는 내 안의 힙스터를 애타게 소환하고 부르짖었다.

○

애석하지만 과거는 과거다. 2014년의 홍대는 이미 황금기를 지난 뒤였다. 유흥과 유행, 언제나 그 뒤를 따라오는 거대 프랜차이즈의 침투, 젠트리피케이션. 반항 정신과 번뜩이는 예술성으로 똘똘 뭉친 자생적 문화의 성지는 어느새 기이한 성비의 불금 헌팅과 근본 없는 SNS용 맛집으로 뒤덮여 버렸다. 영화 〈미드나잇 인 파리〉에서 1920년대의 낭만적인 파리를 동경하고 그리워했던 '길(오웬 윌슨 분)'의 마음이 십분 이해가 됐다. 시대를 잘못 타고난 이 불운아에게 그 시절의 홍대는 파리보다도 더 그리운 곳이었으니까. 어떻게든 명맥을 이어가고 싶었다. 아니, 내가 뭐라고 이어가. 그냥 여전히 홍대에서 멋지게 살아가고 있는 힙스터 무리에 끼고 싶었다. 함께 문화와 예술과 사회를 논하고 싶었다. 햇살 좋은 날에는 카페 테라스에 앉아 에스프레소를 마시며 여유를 누리고, 밤이 깊어지면 맥주잔을 부딪치며 기타를 튕기고 노래를 부르리. 하다못해 아르바이트라도 시켜주면 좋겠다는 마음으로 정말 열심히도 기웃거렸다.

나는 홍대 근처에 사는 사람들보다 더 자주 홍대로 놀러 다녔다. 고향은 익산이요, 재학 중인 학교는 동대문구 회기동이고 당시 살던 곳은 서대문구 북아현동이었음에도 마치 내 동네인 양 나는 툭하면 홍대에 갔다. 별일도 없으면서 괜히 상수동이나 합정동에 있는 카페에 눌러앉아 커피를 마시고, 걸핏하면 서교동 일대를 산책하며 시간을 보냈다. 약속을 잡더라도 여기가 요즘 뜨는 동네라며 연남동으로 친구들을 부르곤 했다. 확실히 홍대는 홍대였다. 여기저기 다녀보니 개성 넘치는 멋진 공간을 많이 발견할 수 있었다. 작은 카페와 음식점과 술집, 독특한 소품들을 모아놓고 파는 상점, 실험적인 전시와 공연이 열리던 문화 공간까지 일반적인 대학가와는 다른 기운이 있었다.

그렇다고 홍대가 청담동이나 압구정처럼 알 수 없는 벽이 느껴지는 동네는 아니었다. 너무 화려하고 으리으리해서 발도 디디면 안 될 것 같은 부담감 같은 건 들지 않았다. 전체적으로 젊고 활기찬 에너지가 가득한데, 오래된 주거지와 인접해 친근하고 편안한 구석도 느낄 수 있어 한번 살아보고 싶다는 마음이 강하게 들었다. 이런 데 집이 있으면 영감도 절로 떠오르고 멋있고 창의적인 일 하면서 살 수 있지 않을까. 평일

저녁이나 주말 오후에 동네에서 노는 재미도 크겠구나.

그렇기에 골목마다 추억이 적지 않다. 홍대 앞 카페 문화의 상징인 카페 비하인드와 이리카페. 이리카페가 있는 와우산로3길은 당시 상업화의 그늘이 드리우기 전이었다. 그 시절 그곳 특유의 여유롭고 고즈넉한 정경을 무척 좋아했다. 그리고 거기서 운명처럼 만난 '스톡홀름'. 비록 3개월의 짧은 시간이었지만 내 인생 첫 단골 카페로서 강렬한 기억을 남겼다. 단골로 방문하는 애정 가득한 공간이 일상에 얼마나 큰 기쁨을 주는지 알게 됐고, 문을 닫는다는 소식을 들었을 때 느낀 상실감은 처음 경험하는 헛헛함이었다. 공교롭게도 첫 직장은 합정동, 두 번째는 망원동이었다. 매일같이 출근하며 마주친 강아지들과 점심때마다 먹은 음식과 커피 한 잔 앞에 두고 수다를 떤 사장님들을 채 다 셀 수도 없다.

이제는 익숙해졌다. 나에게 이 동네의 공기는 무척 자연스럽다. 그만큼 홍대 앞이라는 지역과 문화에 대한 맹목적인 동경이나 열망 따위도 사그라들었다. 죽었다 깨어나도 힙스터 무리에 낄 수 없다는 건 진즉에 깨달아 버렸지. 그래도 나는 홍대가 좋다. 여전히 젊은 기운을 간직한 가게들이 많아서 좋고, 한두 블록만 이동하면 언제 그랬냐는 듯 조용하고 한적한 골목이 나와서 좋다. 홍대 앞과 상수동, 망원역과 마포구청역,

연남동과 연희동이 조금씩 다 다른 분위기라서 좋다. 아직 내가 모르는 곳이 많아서 좋고, 더 오랜 시간 관계를 쌓아가고 싶은 곳들이 많아서 좋다. 정말이지 꼭 한 번은 살아볼 거다. 주민으로 살아가는 건 분명 또 다른 행복을 안겨줄 테니. 집값이 워낙 비싸서 언제가 될지 모르겠지만 포기는 없다. 그날이 오면, 내 집이나 작업실 혹은 친구들과의 아지트를 명분으로 이곳에 터를 잡을 수 있다면 얼마나 감회가 새로울까. 홍대 로컬 라이프를 제대로 즐겨줘야지. 상상만 해도 벌써 멋이라는 것이 폭발한다. 아, 이것도 홍대병인가.

'우리는 힙스터? 저항 대신 취향 좇는 '홍대병'만…',
〈주간조선〉 2686호

안경 없이 못 살아

최근에 인터뷰를 하나 했다. 제안이 들어왔다. 안경 쇼핑 앱에서 진행하는 캠페인의 일환인데, 평소 안경에 관해 자기 취향이 있는 다양한 인물들의 이야기를 전하는 시리즈란다. 나를 어떻게 알고 연락을 줬는지는 모르겠지만 냅다 수락했다. 나를 홍보해 준다는데 마다할 이유가 없지. 괜찮은 사진한 장 건질 수 있겠구나 싶어 은근히 들뜬 것도 사실이다. 질문지에는 안경을 고르는 기준과 취향을 설명할 항목들이 여럿 적혀 있었다. 내 얼굴형부터 선호하는 안경의 모양과 색깔, 광의 유무, 추천하는 브랜드와 제품까지. 하나하나 꼼꼼히 읽어보며 답변을 적어 내려갔다. 내가 어떤 안경을 좋아했었나.

꼭 시도하고 싶은 스타일이 있었던 것 같은데. 아, 그 전에 나 언제부터 안경 썼더라?

2001년이었을 것이다. 내가 우리 집 다섯 번째 안경잡이로 등극한 해. 초등학교 입학과 거의 비슷한 시기였다. 벌써 20년이 넘었다. 이제는 안경이 내 눈 같고 내 눈이 안경 같다. 안경 쓰는 게 딱히 불편하지 않다. 쓰고 있다는 걸 잊어버릴 때도 부지기수고, 이젠 아예 얼굴에 안경이 이식된 느낌이다. 나를 거쳐간 안경과 안경점도 셀 수 없이 많다. 익산 중앙동의 보안당 안경원과 1001 안경점, 다비치 안경점이 특히 기억에 남는다. 당시에는 웬만하면 공짜 안경테를 썼다. 무슨 안경테가 공짜냐 싶겠지만 사실이다. 동네 안경점에 가면 매대에 놓인 공짜 뿔테를 쉽게 볼 수 있었다. 렌즈를 맞추면 덤으로 테를 주는 식이었다. 나는 난시가 심한 편이다. 그건 어린 시절에도 마찬가지여서 항상 렌즈를 별도로 주문해야 했다. 당연히 가격은 일반 렌즈보다 비쌌다. 넉넉지 않은 우리 집 사정에 공짜 안경테는 지극히 자연스러운 결과였지. 물론 하나같이 마음에 들지 않았다. 무슨 애들 장난감 같은 것부터 한 번 보면 절대 안 까먹을 것 같은 강렬한 존재감의 원색 안경테까지 공짜인 데는 다 그만한 이유가 있었다. 그러나 피할 수 없으면 즐겨야 하는 법. 나는 진흙 속에서 진주를 찾는 마음으로 신중하게 운명의 짝을 골랐다. 그나마 다비치 안경점으로 업그레이드(?)한 이후로는 공짜 뿔테 매대 같은 건 만날 수 없었다. 대형 프랜차이즈답게 가격 정찰제라는 이름을 써 붙이고 쇼케이스들을 가지런히 배치한 곳이었다. 5000원짜리, 1만 원짜리, 2만 원짜리… 옵션이 생겼지만 만족스럽지 않은 건 매한가지였다. 높아진 가격만큼 엄마 눈치 보는 시간만 늘었을 뿐이다.

○

라식이나 라섹 수술을 할 생각은 없느냐고 종종 주변 사람들은 내게 묻곤 했다. 너는 왜 렌즈 안 끼냐는 얘기도. 워낙 오랜 시간 안경을 써와서인지 같은 안경 동지였다가 전향을 해버린 변절자들을 수도 없이 목격했다. 보통 대학교에 들어가면서부터 안경은 찬밥신세로 전락한다. 사춘기 코찔찔이 시절의 모습을 벗어던지고 환골탈태하리라는 욕망인 게지. 그 유명한 '긁지 않은 복권' 이론을 단단히 떠받치고 있는 핵심 비결이 다이어트 그리고 안경 파괴 아니었던가. 그러나 모두가 안경을 벗어 던지고 커다란 눈을 되찾아 당첨금을 수령할 때 나는 말없이 발끝만 바라보고 있었다. '난 안경 없으면 안

돼⋯. 깨끗이 낡은 채로 태어난 게 지금 이 모습이란 말이
야⋯?'

두께 있는 뿔테 안경만을 고집하는 덴 이유가 있다. 처진
눈매를 보완하려는 내 나름의 전략이다. 뭐랄까, 내 눈은 좀
안쓰럽게 생겼다. 작고 쌍꺼풀도 없는데 처지기까지 했다. 사
람들이 자꾸 무슨 일 있냐고 묻는다. 많이 피곤해 보인다고.
어제도 오늘도 나는 똑같이 멀쩡하다. 흐릿한 인상으로 보이
는 것도 싫다. 사람이 첫눈에 신뢰감을 주려면 어딘가 진하고
또렷한 구석이 있어야 할 텐데 내 얼굴에 진한 거라곤 털밖에
없다. 더러워 보이지만 않으면 다행이다. 그나마 두꺼운 뿔테
안경이 눈매를 잡아주는 데 도움이 된다. 두툼한 프레임이 사
람들의 시선을 분산시킴으로써 최소한의 교정이 가능해진다.
검정 뿔테라면 효과는 최대치. 일전에 취재로 만난 안경 편집
숍 대표님도 "검은색 뿔테야말로 어둡고 진한 선이 들어가기
때문에 성형 효과를 가장 크게 가져오는 디자인"이라 말씀하
셨다.(그렇다고 내가 채도 높은 빨간 안경을 쓸 수는 없지 않은가.
영화 평론가 이동진 형님만큼 찰떡같이 소화하는 건 불가능하다.)

현재 보유 중인 모스콧Moscot의 렘토쉬 블랙 제품도 그래서
샀다. 적당한 두께가 애잔한 눈매를 가려주면서도 너무 부담
스러울 정도로 크지는 않다. 사이즈도 다양해 안경다리가 실

시간으로 벌어지는 불상사가 생길 일도 없다. 그리고 멋있다. 제품 디자인 자체도 매끈하게 잘 빠졌지만, 멋을 한껏 끌어올려 주는 것은 모스콧만이 가진 브랜드 역사다. 모스콧은 1915년 뉴욕에서 시작해 100년 넘는 역사를 이어온 유서 깊은 아이웨어 브랜드다. 아메리칸 클래식의 대표적인 아이템 중 하나라는데 그게 왜 그렇게 자리 잡을 수 있었는지는 잘 모르겠다. 여하튼 모스콧과 관련된 모든 비주얼이 쿨하고 세련되게 느껴진다. 로고, 매장 인테리어, 구매 시 증정하는 에코백과 안경닦이, 모스콧을 애용하는 사람들까지 하나같이 소위 '간지'가 난다. 앤디 워홀과 트루먼 카포티와 조니 뎁이 즐겨 썼다면 말 다 한 거 아닌가! 거기에 내 친구 중 가장 패션 감각이 뛰어난 J가 결정타를 날렸다. "모스콧 쓰면 작가나 아티스트 이미지 바로 생기는 거 알지. 정현이 네가 쓰면 인마, 어? 수염이랑 딱 해서, 어?" 그렇게 모스콧은 내 최애 안경 브랜드가 되었다.

얼마 전 구매한 렘토쉬 플래시 제품도 만족스럽게 착용하고 있다. 은은하게 노란빛이 감도는 투명 테가 매력적이다. 검은색에 비하면 성형 효과는 떨어질지언정 훨씬 더 시원하고 캐주얼한 분위기를 만들어줘서 좋다. 흔치 않다는 것도 장점이라면 장점. 학창 시절과 군대 시절을 추억하면 수천 개의 검정 뿔테가 떠오를 정도로 K-맨에게 검정 뿔테는 필수템이다. 나는 조금 다른 K-맨이 되고 싶다. 못생겼으면서 이마도 까고, 턱수염도 기르고, 화려한 패턴과 색을 자랑하는 옷에 관심을 두는 것도 비슷한 이유에서다. 누차 말하지만 나는 관에 들어가기 전까지 안경을 써야 하는 사람이고 기왕이면 조금이라도 덜 평범하고 더 스타일리시한 안경을 쓰고 싶다. 작가 느낌, 아티스트 감성, 전문가 상, 센스쟁이 뭐 그런 거 있잖아.

멋들어진 안경 컬렉션을 꿈꿔본다. 눈에 잘 띄는 곳에 모양별 브랜드별 색깔별로 가지런히 진열해 둔 보물 창고를. 더 좋은 안경을, 더 많이 갖고 싶다. 다른 건 몰라도 안경은 투자할 가치가 있다. 매일 쓰는 거니까. 이미지 변신에 효과적인 아이템이니까. 나의 작고 여린 두 눈은 안경 없으면 바로 불쌍해질 테니까. 행여 라식 수술을 하게 되더라도 바뀌는 건 없다. 알 없는 안경? 오히려 좋다.

창작자들을 향한 공개 고백

한때 '좋아한다' 시리즈를 연재한 적이 있다. 여러 분야의 창작자들을 향한 공개 고백쯤으로 생각하면 쉽다. 이 창작자의 어떤 점이 나를 매료시키는지, 그의 대표적인 작업물은 어떤 특징을 지니는지 등. 자기만의 독창적인 무언가를 만들어 가는 이들에 대해 깊은 사심과 얕은 식견을 덧붙여 쓴 짤막한 감상이다. 사실 시리즈라고 이름 붙이기엔 머쓱하다. 연재했다고 표현하는 건 더 민망하다. 그냥 내 인스타그램에 적어 올린 게 전부이기 때문이다. 거창한 거 전혀 없고 한낱 메모일 뿐이다. 그래도 나름 재밌게 봐주는 반응이 있었다고 생각한다. 좋아요 100개 이하의 소소한 반응도 유의미한 반응으로

쳐준다면. 기꺼이 인정해 주시리라 믿고 그중 몇 개를 공유해 보겠다.

싱어송라이터를 좋아한다

싱어송라이터 이적의 음악을 좋아한다. 사랑한다는 표현이 더 정확하지. 형 노래 들으면서 학창시절을 보냈는데요. 그리고 2020년 11월, 정규 6집 앨범 〈Trace〉가 발매됐다. 5집 〈고독의 의미〉 이후 7년 만에.

다양한 장르와 분위기의 12곡으로 꽉꽉 채워진 이 앨범은 이적이라는 뮤지션을 '〈다행이다〉 같은 사랑 노래'나 '〈하늘을 달리다〉 같이 방방 뛰는 노래'로만 가둘 수 없음을 다시 한번 증명한다. 때로는 상념에 잠겨 쓸쓸하게(〈준비〉), 때로는 경쾌하면서도 날카롭게(〈물〉), 때로는 마음을 어루만지듯 따스하게(〈나침반〉) 청년과 어른의 목소리를 오가며 곡의 표정을 생생히 전달한다. 그 앞에서 펑크 록이니 포크니 발라드니 하는 장르 구분은 별 의미가 없다.

아무도 안 시켰지만 이적의 음악 세계를 한마디로 표현하라면 이렇게 말하고 싶다. 질문하는 노래. 자신에게, 떠나간 연인에게, 이름 모를 타인에게, 넓은 세상을 향해 이적은 끊임없이 질문을 던진다. 6집 앨범도 마찬가지. 쭉 듣다 보면 '~일까', '~인가'로 끝나는 의문형 문장이 가사에 반복해서 등장한다는 것을 알 수 있다. 그리고 그 질문들이 노래를 듣고 있는 나의 삶에 던져져도 이상하지 않을 만큼, 가까운 이야기라는 것도. 공감 가는 보편적인 물음과 고민을 이적은 일상의 단어들을 사용해 구어체로 노래한다. 쉬운 말에 묵직한 의미를 싣는다. 자기만의 내밀한 주제와 이야기를 농축해 전달하되, 이 노래를 듣게 될 청자의 시선과 언어를 세심히 고려하는 일. 이적이라는 '작가'가 가진 힘은 이런 거다.

그래서 말할 수 있다. 위로가 되는 앨범이라고. "다 괜찮다", "넌 할 수 있어", "힘내"라고 말해줘서 아니라, 나처럼 불안과 혼란과 쓸쓸함 속에 끊임없이 서성이는 사람이 또 있구나 싶어서. 별도리 없이 묻고 또 물을 수밖에 없는 사람이 여기에도 있다고 알려줘서 말이다.

일러스트레이터를 좋아한다

일러스트레이터 엄주의 그림을 좋아한다. 슥슥 그어놓은 듯 자유롭지만, 군더더기 없이 명료하게 표현된 선들을. 그 위로 군데군데 칠해진 밝은 컬러는 대체로 차분한 상황, 동작, 표정에 색다른 분위기를 부여한다. 뭐랄까, 모던한데 귀엽다.

그는 그만의 선과 색으로 도시의 풍경을 옮긴다. 늘 무언가에 몰두하거나 상념에 잠겨 있는 도시인들을 주목한다. 방, 카페, 거리 곳곳에서 작업을 하고 커피를 마시고 담배를 태우는 사람들. 무심한 모습에, 권태로운 듯 보이지만 한편으로는 평온하고 안정적인 감정을 품은 것처럼 느껴진다. 파리나 런던을 배경으로 한 소설과 영화에 등장하는 듯한, 특유의 멜랑콜리가 느껴진다.

특히 눈길이 가는 건, 다양한 스타일과 얼굴을 가진 여성들. 숏컷에 안경을 쓴 여성. 라인이 드러나는 붉은 원피스를 입고 누워 있는 긴 머리의 여성. 제모도, 브래지어도 하지 않고 편한 차림으로 앉아 담배를 피우는 여성. 책상에 앉아 그림을 그리는 여성. 신중하게 커피를 내리고 있는 여성 바리스타까지. 단일한 색감으로, 단일한 터치로 묶어낼 수 없는 수많은 여성 서사를 어느 일러스트레이터는 성실하게 포착하고 있다.

코미디언을 좋아한다

코미디언 문상훈의 농담을 좋아한다. 콘셉트 확실한 상황과 대사, 디테일 하나하나가 완벽하게 짜인 콩트를. 치밀한 각본과 섬세한 연기의 조합으로 보여주는 웰메이드 코미디를 말이다. 자극적이고 말초적이기만 한 유머 콘텐츠랑은 레벨이 다르다.

문상훈은 유튜브를 중심으로 활동하는 코미디 콘텐츠 팀 '빠더너스' 소속이다. "하이퍼 리얼리즘의 콩트와 코미디 영상을 만든"다고 본인들을 소개하는데 이는 결코 과장된 표현이 아니다. 쉽게 공감할 수 있는 소재와 징그러울 정도로 디테일이 살아 있는 연출, 리얼한 연기력이 삼위일체를 이룬다. 그리고 그 중심에는 구체적인 상황을 짜고, 대사를 쓰고, 연기를 하는 문상훈이 있다.

가장 대표적인 콘텐츠는 '한국지리 일타강사' 시리즈다. 한국지리를 가르치는 인터넷 강의 강사 '문쌤'의 강의 영상 콘셉트로, 지금의 빠더너스를 있게 한 작업이라 해도 무방한 히트 콘텐츠다. 더해서 '문 이병 브이로그'와 '복학생 브이로그', 채널을 시작하던 초기의 스케치 코미디(10분 내외의 짧은 에피소드들로 이루어진 콩트식 코미디)까지 보다 보면 느끼게 된다. 주변에서 혹은 TV에서 한 번쯤은 본 적 있는 인물들의 특징을 이렇게나 섬세하고 맛깔나게 구현할 수 있구나. 마음에 들었다면 페이크 다큐 형식의 영상들도 놓치지 않기를 바란다. '홈비디오'와 '문대만 프로젝트'에서 현실과 픽션의 경계를 넘나들며 재주를 부리는 그를 따라가 보자. 이 사람은 대체 어디부터 어디까지가 연기이고 실제인지 헷갈릴 거다.

마냥 가볍고 똘끼 충만한 모습만 보여줬다면 이 정도의 팬

층이 생기진 않았을 거라 생각한다. 사람 자체가 워낙 감수성이 풍부하고 사려 깊은 마음도 갖고 있어 차분하고 편안한 분위기의 콘텐츠와도 잘 붙는다. 말하자면 이 재기발랄한 코미디언에게서 인간적인 매력을 느끼고, 어느새 정을 붙이게 되는 순간들이 불쑥불쑥 찾아온다. 동네 책방에 놀러 가거나 혼자 밤 산책을 다닐 때. 해물 알탕에 소주를 먹으며 포크 가수 김일두의 노래를 들을 때. 자질구레한 일상의 고민과 이따금 찾아오는 쓸쓸함을 넋두리하듯 고백할 때. 적지 않은 팬이 '오지 않는 당신을 기다리며' 시리즈 업데이트를 손꼽아 기다리는 이유다.

포토그래퍼를 좋아한다

포토그래퍼 유래혁의 사진을 좋아한다. 화면 가득 낯선 사람의 얼굴을 담은 포트레이트. 유래혁의 사진에는 보는 이들로 하여금 피사체인 인물의 얼굴과 눈빛으로 몰입시키는 힘이 있다. 찬찬히 피사체의 표정을 살피게 한다. 표정 너머의 감정을 짐작하게 한다. 한두 가지의 표정과 감정으로 설명될 수 없는, 깊은 삶의 이야기까지 상상하게 만든다. 새삼 아이콘택트의 신비롭고도 서늘한 매력을 실감할 수 있다. 동시에 그들의 이야기를 묵묵히 듣고 있는 카메라 뒤 사진가의 시선이 느껴진다는 점도 재밌다. 되려 묻고 싶어진다. 무슨 생각하면서 저 눈을 들여다보고 있었나요? 지금이 셔터를 눌러야 할 때라는 건 어떻게 아는 겁니까.

《적 What's your enemy?》은 2019년 유래혁이 제작하고 발행한 인터뷰 사진집이다. 포틀랜드, 시애틀, 샌프란시스코, 샌디에이고, LA, 도쿄의 거리 곳곳에서 수십 명의 사람을 만나 직접 사진을 찍고 인터뷰를 진행했다. 질문의 핵심은 다음과 같다. '보통의 사람들은 자기만의 다양한 적들과 어떻게 싸우며 살아가는가'. 책 속엔 짧고 단순한 대답부터 복잡하고 내밀한 이야기까지 펼쳐진다. 속을 알 수 없는 무표정부터 경계 없이 지어 보이는 웃음까지 사진에 담겨 있다. 처음 만난 사람들의 말과 표정을 이렇게 다채롭게 끌어내는 건 결코 쉬운 일이 아니다. 그걸 성실히 기록하고, 세심한 공정을 거쳐, 두꺼운 책으로 완성했다. 책을 펼쳐 들면 그 집요함이 고스란히 전해진다. 유래혁은 자신을 이렇게 소개한다. "개개인의 작지만 특별한 서사를 창작의 동력으로 삼고 있습니다." 그가 가진 힘에 대해 충분히, 아주 충분히 이해할 수 있을 것 같다.

한데 옮겨 놓고 보니 여기 소환된 당사자분들로서는 꽤나 낯부끄러운 일일 것 같다. 그러나 고백을 철회할 마음은 없다.

좋아하는 걸 좋아한다고 말하는 순간은 언제나 짜릿하다. 왜 좋아하는지, 얼마나 좋아하는지 지나친 설명까지 곁들일 수 있으면 더더욱. 설득되고 안 되고는 듣는 이들의 몫이니 나는 앞으로도 주구장창 떠벌리고 다니련다.

스르륵, 스케이트보드

오프 더 월 Off The Wall. 액션 스포츠와 서브컬처를 아우르는 글로벌 브랜드 반스 Vans의 슬로건이다. 직역하자면 '벽을 뛰어넘는다' 정도로 해석할 수 있겠다. 70년대 미국에서 스케이트보드를 타는 보더들이 벽을 뛰어넘어 새로운 기술에 성공하면 외치던 말이란다. 여기까지만 해도 느낌 딱 오는데, 반스는 더 멋있는 의미를 붙였다. 남 눈치 보지 말고, 나답게 나를 표현하자. 마, 그게 젊음 아이가! 과연 청년 문화, 저항 정신, 스트리트 컬처의 상징으로 굳건한 입지를 유지해 온 브랜드답다. 나는 반스를 좋아한다. 왜 좋아할까 생각해 보니 일단 멋있다라는 답이 튀어나온다. 왜 그걸 멋있다고 느낄까. 스케이트보드와 스트리트 컬처에 대한 무한한 동경과 팬심이 있기 때문이다. 김정현과 스케이트보드라. 나도 웃기다. 이건 뭐 차인표와 하희라, 타이거JK와 이효리만큼 어긋나는 매칭 아닌가. 근데 다들 그렇게 살지 않나? 자기랑 어울리는 것만 좋아하고 비슷한 것만 즐기며 살 순 없으니까. 그러면 재미없다. 당당히 말할 수 있다. 나는 스케이트보드를 좋아한다.

시작은 어릴 때 본 만화였던 것 같다. EBS에서 1999년에 방영한 〈악동클럽〉. 찾아보니 미국에서 제작한 만화 〈Rocket Power〉로, 캘리포니아 오션 쇼어스에 사는 네 명의 악동들이 등장하는 작품이다. 구체적인 내용은 가물가물하지만, 머리며 옷이며 꽤나 요란한 행색을 한 애들이 나왔다는 것, 또래인 내가 보면서도 '저 자식들 말 드럽게도 안 듣는구나' 혀를 끌끌 찼던 것 정도만 기억난다. 그리고 빼놓을 수 없는 스케이트보드. 주근깨 가득한 얼굴에 안경을 쓴 '악동 3'쯤 되어 보이는 친구가 스케이트보드를 즐겨 탔다.(악동 1이나 4가 탔을 수도 있다. 기억이 정확하지 않다.) 그 못생긴 친구가 왜 이렇게 멋있어 보였는지. 엄마 아빠 말은 귓등으로도 안 듣고 사고치고 다니는 걸로 동네에서 알아주는 녀석이라 그랬나. 엄마 아빠 말 고분고분하게 잘 듣고 동네 이웃과 교회 어른들에게 인사성 바르고 착한 아이로 평가받던 나는 '악동 3'을 보고 충격과 경멸과 호기심과 동경이 뒤섞인, 묘한 감정을 느꼈다.

스케이트보드 사랑에 본격적으로 불을 지핀 건 영화 〈열두 명의 웬수들〉이다. 무려 12명의 남매가 나오는 그야말로 왁자지껄 좌충우돌 가족 코미디 영화다. 역시 내용은 잘 기억나지 않는다. 깔깔거리며 재밌게 봤다는 느낌과 몇몇 장면들만 드문드문 남아 있을 뿐. 물론 스케이트보드가 나왔던 장면만큼은 잊을 수 없다. 극중 넷째인가 다섯째로 나왔던 '제이크'한테 나는 단단히 반해 버렸다. 얼굴도 잘생긴 게 멋들어진 비니와 셔츠를 입고서 세상 시크한 표정으로 스케이트보드를 타는 게 아닌가. 비중이 큰 캐릭터도 아니고 스케이트보드를 타는 장면도 얼마 안 나왔지만 나에겐 어떤 인물보다도 강렬한 임팩트를 줬다. 주제 파악 못 하고 내 모습을 투영해 동네 여자아이들의 인기를 독차지하는 상상을 밥 먹듯 했다.

여기서 반전. 나는 단 한 번도 스케이트보드를 타본 적이 없다. 타지도 않으면서 좋아한다니 그게 뭔 개떡 같은 소리냐 비난한대도 어쩔 수 없다. 엄마가 안 사줬는데 어떡하라고. 전설의 바퀴 달린 운동화 '힐리스'까지는 당시의 반짝 유행에 힘입어 어떻게 가능했지만 스케이트보드는 택도 없었다. 훨씬 위험하고, 훨씬 비주류였으므로. 울며불며 사정하는 것 말곤 할 수 있는 게 없는 을의 입장에서는 더 강력하게 어필하기 힘든 악조건이었다. 솔직히 사줬어도 얼마나 열심히 탔을까 싶다. 발만 올려두고 몇 번 깔짝대다 끝났을지도 모른다. 무서워서. 어렸을 때부터 겁이 많았다. 귀신도 무섭고 덩치 큰 언니들도 무섭고 높은 곳도 무서웠다. 보드 위라고 해봤자 뭐 얼마나 높겠냐마는 빠르게 움직이는 판때기 위에서 균형을 잡고 서 있는 건 나 같은 나약한 겁쟁이에게 쉽지 않은 도전이었다. (노파심에 말하는데 그래도 운동신경은 좀 있었다. 발 한번 못 구를 정도로 최악은 아니었단 소리다.)

탈 수 없는 건 탈 수 없는 거고 딱히 심각한 문제는 아니다. 축구 못 하면서 축구 경기 보는데 인생을 바친 사람들도 많다. 말하자면 나는 스케이트보드를 사랑하는 비스케이트보드인이었다. 심지어 책도 읽었다. 당시 끼고 살았던 책 제목은 《스르륵 스케이트보드》. 주니어김영사에서 발간한 '앗, 이것만은 내가 최고' 시리즈의 92번째 책이다. 스케이트보드 세계에서 최고가 되겠다는 비장한 마음은 없었지만 더 친해지고 익숙해지고 싶은 마음에 닳도록 넘겨봤다. 하나하나 기술들을 마스터했다. 머릿속에서 말이다.

여기서 끝이 아니다. 국내 최대 스케이트보드 커뮤니티에도 가입했다. 이름도 무려 '열혈뽀딩~!'. 믿음직한 '열혈뽀더' 님이 운영자로 계시는 다음 카페였다. 아쉽게도 당시 내 닉네

임은 기억나지 않는다. 지금 생각하면 웃기긴 하지. 보드도 없고 하다못해 빌려서 타본 적도 없으면서 뭘 그렇게 매일같이 커뮤니티까지 드나들었는지. 일면식도 없는 서울 사는 형님들과 댓글과 쪽지를 주고받을 정도로 적극적인 사이버 친목 활동을 하며 스케이트 문화에 대한 동경을 키웠다. 비록 방구석 열혈뿌더에 불과했지만, 열정 하나만큼은 동산동 마크 곤잘레스였던 것이다.(마크 곤잘레스는 미국 LA 출신의 세계적인 스케이트보더이자 아티스트다. 개인적 친분은 없다.)

지금도 늦지 않았어. 친구가 말했다. 원한다면 생일 선물로 스케이트보드를 사주겠노라고. 마음이야 고맙지만 늦었다고 생각했을 때는 이미 한참 늦은 것이다. 적어도 이 경우에는 그렇다. 괜히 늦바람 들어 신명 나게 타다가 허리 삐끗할까 두렵다. 사실 스케이트보드를 타는 것에 대한 열망이 거의 남아 있지 않다. 힘차게 골목을 누비고 넘어져도 다시 일어서는 오뚝기 해외 보더들의 영상을 보는 것만으로도 족하다. 오해는 말자. 스케이트보드를 비롯한 스트리트 컬처에 대한 애정은 그대로다. 반스와 스투시Stussy, 슈프림Supreme, 노아Noah 같은 스트리트 패션 브랜드와 그들이 만드는 다양한 문화예술을 보면 아직도 가슴이 띈다.

자유로움. 일탈. 부상과 위험에 굴하지 않는 쿨한 태도. 멋에 살고 멋에 죽는 철없는 정신. 오랜 시간 스케이트보드를 사랑해 마지않는 이유다. 나에게는 없었던 것들이 저 거리에, 스케이트장에 있었다. 어른들에게 인사 잘하고, 교회에서 예쁨 받고, 학교 수업도 잘 듣고, 공부도 곧잘 하던 나. 물론 부잣집 도련님마냥 극단적인 과보호 속에서 오냐오냐 자란 것도, 엄격하게 통제된 환경에서 작은 일탈 하나 못 할 정도로 억압받은 것도 아니다. 다만 나도 모르는 끼와 에너지가 마음 깊은 곳에서 부글거리고 있었던 게 아닐까. 현실의 요인들 때문에 터져 나오지 못한 채 조용히 눌려 있었고, 그 와중에 나와는 정반대로 보이는 청년들의 어떤 호쾌함을 목격하고는 잠들어 있던 욕망을 소환한 게 아닌가, 조심스레 추측할 뿐이다. 욕망이 반만 실현된 이유는 나도 당최 모르겠다.

여전히 이따금 상상한다. 반스와 스투시와 슈프림과 노아로 무장한 내가 베니스 비치의 스케이트보드 파크로 입장하는 모습을. 쏟아지는 햇살 아래, 천천히 몸을 풀고 여유롭게 발을 구르는 거다. LA에서 어깨 좀 세운다는 스케이터들과 자웅을 겨루는 풍경. 아무리 상상이래도 그건 혼자 너무 갔나?

버거 안 먹는 거,
그거 어떻게 하는 건데

"적당히 좀 먹고. 알겠지, 아들?"

한동안 엄마는 말씀하셨다. 버거 좀 그만 먹어. 네네, 대답만 열심히 하면서 한 귀로 흘리곤 했지만 나도 안다. 틀린 말하나 없다. 다 건강을 생각해서다. 버거 많이 먹어서 좋을 리가 없다. 혈당도 콜레스테롤도 조심해야 한다. 자꾸 배가 나오는 것도 여간 신경 쓰이는 게 아니다. 솔직히 맛도 지나치게 자극적이다. 담백하고 심심하게 먹는 습관을 들여야 할 텐데 버거의 세계에서 싱거움이란 퇴출당해야 마땅한 성질 아닌가. 언제쯤 건강한 식습관을 정립하게 될지 까마득하다. 하지만 안타깝게도 나는 버거를 떠나보낼 수가 없다. 치명적인 결점을 뛰어넘는 압도적인 만족감을 안겨주기 때문이다. 못 말리는 버거 사랑의 시작은 어린 시절로 거슬러 올라간다.

냄새와 맛은 기억과 감정의 영역에 맞닿아 있다. 롯데리아 덕분에 체감한 사실이다. 한 번은 갑자기 불고기 버거의 소스 냄새가 코끝을 스쳤다. 나는 집에 혼자 있었다. 귀신이 아닌 이상 누가 옆에서 먹고 있던 게 아니므로 코로 냄새를 맡았을 리는 없다. 하지만 너무나 생생한 감각에 결국 참지 못하고 배달을 시켰다. 과연, 그날 하루 최고의 선택. 불고기 버거 냄새는 사실 냄새가 아니라 기억이다. 과거의 한 장면이 같이 딸려 나오니까. 몇 살 때였는지도 가물가물한 유년 시절, 가족과 함께 놀러 간 원광대학교 수목원. 세상이 온통 싱그럽던 봄날이었다. 수목원 피크닉을 즐기려고 롯데리아에서 버거와 감자튀김과 콜라를 사 갔다. 선선한 바람이 불던 오후, 벤치에 자리를 잡고 분주하게 세팅을 마친 뒤 먹었던 불고기 버거는 내 기억 속 인생 첫 버거였다. 새로운 세상 하나가 열린 순간이었다. 쌀밥과 김치와 된장국이 주지 못하는, 일차원적인 달짝지근한 맛과 타협 없는 짭조름한 맛. 이토록 대책 없는 만남은 아무것도 모르는 꼬맹이에게 얼마나 충격적이었겠는가. 요즘에야 롯데리아가 프리미엄 수제 버거나 타 프랜차이즈 브랜드에 밀려 기세가 많이 약화됐지만, 아무렴 상관없다. 산뜻하고 평화로운 수목원 풍경과 함께 행복한 기억으로 박제된 불고기 버거는 잊을 만하면 나를 찾아온다. 순순히 빗장을 풀고 코와 입을 내어준다. 추억의 맛은 절대 이길 수가 없다.

스무 살이 되고 나서는 맥도날드를 자주 갔다. 이십 대 초반의 내가 호기롭게 들어설 수 있는 식당은 많지 않았다. 돈이 없었다. 다행히 입맛은 미취학 아동 시절과 별 차이가 없었다. 거기다 혼자서 여기저기 열심히도 돌아다닌 탓에 혼자 밥을 먹을 때가 많았다. 맥도날드야말로 최적의 선택지다. 싸고, 빨리 나오고, 세트 하나 먹으면 배부르고, 매장 수도 많고, 예상되는 맛이라 실패할 일 없고, 혼자 온 사람들도 많아서 눈치 안 보인다. 서울뿐만 아니라 어디를 가더라도 곳곳에 매장이 있었기에 타지에 놀러 갔다 하면 일말의 고민 없이 인근의 맥도날드를 찾아 들어갔다. (8년 전 세상에서 가장 아름다운 맥도날드라는 헝가리 부다페스트 'Nyugati'지점에도 가보았다. 성지순례하는 느낌이었다.)

○

지금의 나는 꼬꼬마도 스무 살도 아니지만 여전히 버거라면 환장한다. 롯데리아와 맥도날드는 당연하고 훨씬 더 높은 품질을 자랑하는 수제 버거 맛집을 다니는 것도 일상의 소소한 재미 중 하나다. 왜 그렇게 좋아하는지 생각해 봤다. 일단은 맛있다. 몸에 안 좋다는 사실이야 머리로는 알겠는데 이 멍청한 혀는 죽을 때까지 모를 것 같다. 정직하다고 해야 맞는 걸까. 사랑해 마지않는 빵과 고기와 치즈가 한 번에 다 같이 들어오는데 그 일석삼조, 일타삼피의 순간을 어떻게 거부할 수 있겠어. 한 입 크게 베어 무는 순간 입 안 가득 퍼지는 패티의 촉촉함과 치즈의 눅진함, 따로 또 같이 리드미컬하게 치고 빠지는 기타 요소들—양파, 베이컨, 양상추, 토마토, 피클, 각종 소스 등—이 한데 모여 만들어내는 하모니의 유혹을 어떻게 뿌리칠 수 있느냐는 말이다.

결과로서의 맛 이전에 등장하는 먹는 행위와 과정 자체도 재밌다. 테이블 위로 버거가 입장한다. 둥그런 모양의 버거 친구들이 서로 잘 붙을 수 있도록 양쪽을 꾹꾹 눌러준 뒤 포장지를 벗긴다. 모양이 무너지지 않게끔 두 손으로 단단히 잡고, 천천히 입으로. 결전의 순간이 오면 있는 힘껏 '우와앙' 입을 벌려 끊임없이 밀려 들어오는 빵과 패티와 치즈의 자비 없는 돌격을 크고, 깊게, 푸지게 받아들인다. 참으로 경쾌하고 즐거운 행위다. 재료를 지나치게 많이 넣거나 비정상적으로 크기를 키운 버거를 안 좋아하는 이유다. 칼로 썰어 먹어야만 하는 버거는 버거로 인정하고 싶지 않다. 모름지기 버거는 두 손으로 잡고 먹어야지. 피자 먹을 때 포크와 나이프가 아닌 두 손을 써야 하는 것과 같은 이치다.

버거 중독자의 마지막 변명. 나는 이 빠르고 저렴하고 만만한 음식, 그래서 더 자유분방하고 활기 넘치는 분위기 안에서 소비되는 버거만의 캐주얼한 분위기를 사랑한다. 오랜 시간 미국 문화를 동경해 온 내게 지극히 미국적인 음식인 버거는 뉴욕이나 LA로 떠난 기분을 느끼기에 아주 유용한 수단이다. 불광동 방구석에 처박혀 팬티바람으로 먹어도 맛있지만 한 번씩 기분 내서 먹고 싶을 때도 있는 법. 그럴 때마다 버거의 분위기를 한껏 살려줄 수 있는 미국 감성의 공간을 찾아간다. '롸카두들 성수점'이 대표적이다. 롸카두들은 국내 최초 내슈빌 핫치킨 전문점으로 보급형 프랜차이즈와는 차원이 다른 치킨 버거를 맛볼 수 있다. 맛도 맛이지만 매장 분위기가 압도적인데, 특히 세 번째로 오픈한 성수점은 들어서자마자 첫눈에 반해 버렸다. 내 쓸데없는 과몰입 성향에 걸맞는 완벽한 배경을 갖고 있는 게 아닌가! 햇볕 잘 드는 층고 높은 건물과 넓고 깔끔한 공간을 가득 채우는, 시원시원하고 투박하고 컬러풀한 소품들. 이를테면 그래피티와 스케이트보드와 체커보드 패턴 담요와 일러스트 포스터와 스트리트 패션 브랜드의 티

셔츠 같은 것. 그 모든 게 어우러져 만들어내는 통통 튀는 에너지로 가득하다. 힙합 좋아하고 멋있는 옷 좋아하는 애들이 열심히 스케이트보드 타다 들어와서 야무지게 흡입하고 휙 떠날 것 같달까. 롸카두들만 가면 나는 색다른 기분으로 버거를 먹게 된다. 이때만큼은 영화 〈미드 90〉에 나오는 LA 철부지 소년들에 빙의한다.

버거보다 맛있는 음식은 많다. 버거보다 건강한 음식은 훨씬 더 많다. 하지만 버거만큼 먹을 때마다 찐웃음을 선사하는 기분 좋은 음식은 드물다. 버거를 먹을 때마다 나는 지나간 장면을 떠올리고, 갖지 못할 모습을 상상한다. 버거는 즐겁다. 그래도 줄이긴 해야겠지? 이제는 그런 걸 생각하지 않으면 안 될 나이다.

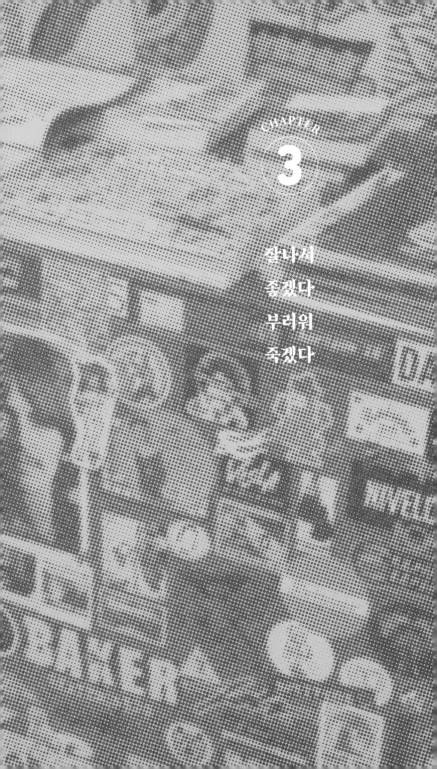

CHAPTER

3

잘나서
좋겠다
부러워
죽겠다

마, 부산 끝내준다 아이가!

5년 전 가을, S와 부산으로 떠났다. 운전을 못 하는 나는 조수석에 앉아 열심히 음악을 틀었지. 최백호의 '부산에 가면'을 반복 재생했고, 졸음 방지용 토크도 쉬지 않고 쏟아냈고, 중간에 휴게소에 들러 야무지게 핫도그도 사 먹었다. 그렇게 들뜬 마음으로 달려 4시간 만에 도착했던 것 같다. 부산 여행 내내 자주 뱉은 농담이 하나 있었다. "마, 자신 있나!" 가오에 살고 가오에 죽는 영화 속 붓싼 사나이들을 흉내 내며 하지도 못하는 사투리를 찰지게 구현하려 애썼다. 물론 데시벨을 높이진 못했다. 길을 걷다 딱 봐도 부산 사내로 보이는 이들이 지나가면 호쾌한 외침은 나지막한 속삭임으로 바뀌었다. 우리 둘만 웃긴 시답잖은 농담이었지만 덕분에 시종일관 유쾌한 여행이었다.

이후로 H와 함께 부산을 세 번 더 갔다. 처음은 몹시 덥던 여름, H의 유년 시절 기억이 남아 있는 구포역 인근 '행복마을'에 갔다. 해운대에서 노을 지는 저녁 바다를 보고, 광안리 '민락회타운'에서 양껏 회를 떠 와 숙소에서 맛있게 먹었던 기억도 난다. 바다가 보이는 영도의 서점 겸 카페 '손목서가'에 앉아 시원한 바람을 맞고, 지금은 문을 닫은 이름 모를 이자카야에서 끝내주게 맛있는 치킨 가라아게와 하이볼을 먹고, 틈틈이 저장해 뒀던 전포동의 힙한 장소들도 섭렵했지. 하나부터 열까지 다 즐거웠다. 그때 부산과 사랑에 빠졌다. 지금은 시도 때도 없이 또 언제 가야 할지 궁리만 한다. 날 좋은 5월이나 10월만 되면 KTX에 몸을 싣고 싶다. 안 가본 곳들이 아직 너무 많다. 기장도, 다대포도, 송정 해수욕장도 가봐야지.

부산에는 독보적인 매력이 있다. 고향인 익산, 이십 대를 보낸 서울은 절대 줄 수 없는 매력이 부산에는 존재한다. 일단 대도시라는 게 중요하다. 나는 시골에 살 마음이 없다. 당장은 말이다. 모든 게 지겹고 피곤할 때마다 도시를 떠나 한적한 곳으로 이주하고 싶어지지만, 지금은 안 된다. 하는 일과 타고난 성향, 오랫동안 형성된 취향을 종합적으로 고려했을 때 나는 대도시에서 사는 게 맞는 사람이다. (이건 얼마든지 바뀔 수 있다. 정말 꼴도 보기 싫어지면 다 내려놓고 소도시로 도망 갈 수도 있다.) 부산은 서울 다음으로 큰 제2의 도시. 나 같은 사람들을 위한 모든 게 갖춰져 있다. 편리한 대중교통 시스템, 거대한 빌딩, 좋은 거 다 때려 넣은 백화점, 깐깐한 힙스터들이 애정하는 공간들, 각종 편의시설… 개인적으로 부산의 문화적 인프라가 서울의 그것에 비해 밀리지 않는다고 생각한다.

재밌는 건 부산이 바다를 끼고 있는 해안 도시라는 거. 대도시인데 거대한 바다를 품고 있다는 건 정말이지 축복이 아닐 수 없다. 삭막한 도시 생활 때문에 서럽고 답답할 때, 온갖 스트레스로 짜증이 차오를 때 달려갈 바다가 있다는 뜻이니까. 끝없이 펼쳐진 맑고 파란 바다를 바라보면, 회색 빌딩 사이에 있을 때보다 마음을 누그러뜨리기 쉽지 않을까? 내 생활 반경에서 멀지 않은 곳에, 말없이 크고 작은 물결을 만들며 나를 기다리는 파도가 있다. 이따금 부산 출신의 작가들이 쓴 유년 시절 이야기를 읽을 때마다 부러웠다. 걸어서 혹은 버스를 타고 바다로 달려가던 그 순간이, 어린 날 예민한 감수성에 어떤 영향을 미쳤을까. 나도 푸른 바다를 끼고 살았다면 지금보다 덜 조급한 마음을 가질 수 있었을까. 종종 부질없는 질문을 던진다.

○

바다가 있어서인지 남쪽이라 따뜻해서 그런지는 모르겠지
만 부산만의 느긋하고 여유로운 바이브가 참 좋다. LA가 그렇
듯 해안 도시 특유의 밝고 경쾌한 분위기가 느껴진다. 물론 나
는 미국을 안 가봤고, 부산의 분위기 역시 혼자만의 감상일 뿐
이지만. 내가 만난 부산의 모습은 자유분방하며 캐주얼했다.
오래된 동네에서 오는 푸근함과 해변이 주는 나른함이 묘하
게 뒤섞여 부산만의 독특한 인상을 만들어 내는 것 같았다. 서
울보다 훨씬 여유롭고 느긋해 보이는 사람들이 많다는 데에
는 분명 공감하는 분들이 있을 거라 믿는다.

마지막으로 로컬숍 얘기를 빼놓을 수 없다. 나는 맛과 멋으
로 무장한 부산의 훌륭한 가게들을 좋아한다. 서면과 해운대
에 자리한 '버거샵'은 감각적인 공간 인테리어로 강렬한 존재
감을 내뿜는 수제 버거 전문점이다. 버거 맛은 물론 확실한 브
랜드 정체성과 콘셉트로 풍성한 경험을 제공한다는 점도 멋
진데, 그 모든 게 손님에 대한 배려와 세심한 응대에 기반하고
있어 더 애정이 간다. 첫인상이 좋아 잊히지 않는 곳인 '스미
스 드립 커피바'는 아침 8시부터 11시까지 딱 3시간만 열리는
카페다. '타타 에스프레소 바'라는 카페의 일부 공간을 활용

해 특정 시간에만 열리는데, 카페 속 카페라는 개념이 신선하고 흥미로웠다. 당연히 커피는 맛있고 바리스타 스미스 씨는 친절했다. 역사와 전통을 자랑하는 가게들은 또 얼마나 많은가. 트렌디하고 힙한 요즘 숍들은 넘보지 못할 업계 경력과 내공을 가진 '올드 부산' 가게들. 매번 부산 여행의 시작을 낙곱새로 푸짐하게 채워주는 '개미집', 지금까지 먹었던 족발이 생각나지 않을 정도로 맛있어서 이것 때문에라도 부산에 오고 싶게끔 만드는 부평 족발골목의 '홍소족발'. "마, 자신 있나!"가 가게 대문에 궁서체로 걸려도 비웃음은커녕 고개 숙이고 무릎 꿇을 것 같다. 클래식과 트렌드가 공존하는 부산에서 아무것도 모르는 뜨내기 여행자의 눈과 입은 마냥 즐겁다. 지갑이 가벼워지는 것도 모른 채 말이다.

언젠가는 좀 길게 머물다 오고 싶다. 몇 밤 자지도 못하고 금방 돌아오니 감질나서 원. 아예 제주 한 달 살기처럼 한두 달씩 머물러봐도 좋겠다. 미처 맛보지 못한 '다이나믹 부산'의 매력을 더 많이 더 다양하게 발견할 수 있을 거라 생각하니 벌써 행복하다. 어디에 숙소를 구하지? 다른 건 몰라도 걸어서 20분 안에 해변이 나오는 동네가 1순위임은 틀림없다.

잡지라는 매체의
거부할 수 없는 유혹

사랑의 시작에는 얼마간의 환상이 끼어 있다. 잘 알지도 못하는 상태에서 멋대로 상상하다 보면 어느새 그에게 빠져든다. 그렇게 정 주고 마음 주고 사랑도 주다 보면 어느 순간 정신을 차리는 순간이 오는 거지. 아, 그때 내가 본 모습은 그림자가 없는 판타지에 불과했구나. 잡지를 향한 나의 사랑도 다를 게 없다.

처음에는 환상과 동경이었다. 잡지 에디터라는 직업의 '그럴듯한 이미지'가 이십 대 초반의 나를 흔들어 놓았다. 멋있는 옷을 입고 삐까뻔쩍한 공간에서 프로페셔널하게 바쁜 일정을 소화하는 모습. 영화와 드라마에 너무 쉽게 과몰입하는 내 성격이 화근이었을까. 늘 남들과 달라 보이고 싶은, 좀 더 있어 보이고 싶은 열망으로 가득한 내게 잡지란 압도적인 아우라를 품은 존재였다. 세련되고 매끈하면서도 지적이고 알찬, 지성과 감성으로 똘똘 뭉친 동시대 제일가는 트렌드 세터들이 만드는 창작물. 그걸 읽고 소유한다는 건 (그리고 이를 사람들에게 뽐낼 수 있다는 건) 더없이 매혹적인 일이었다. 3분짜리 유튜브로 교양 지식을 완벽 소화하고 싶은 욕심처럼, 아니 그것보다 더 큰 욕망이었다. 나는 잡지와 사랑에 빠졌다. 사랑은 8년째 이어지는 중이다. 진작에 깨달았다. 내가 보통 큰 콩깍지에 씌운 게 아니구나. 잡지라는 매체도, 에디터라는 직업도 처음 생각한 것만큼 멋있기만 한 건 아니네. 하지만 이제 그런 건 아무 상관없다. 이미 늦었기도 늦었거니와 잡지를 좋아해서 얻은 게 더 많으니, 그걸로 됐다.

우리의 만남은 운명이었는지도 모른다. 잡지라는 매체의 특성은 나라는 사람의 성향과 아주 잘 맞아떨어진다. 한 가지만 진득하니 파고들기보다는 여러 분야와 장르를 닥치는 대로 흡수하고 소화하는 잡식성 인간이 바로 나다. 잡지도 마찬가지다. 추구하는 방향성과 도달하고자 하는 타깃은 정해져 있지만 그 범주 안에서 굉장히 다양한 인물과 브랜드의 이야기가 등장한다. 이 책 한 권 안에 내가 평소 만나보기 힘든 다양한 직업군의 사람과 그들이 들려주는 생생하고 흥미로운 얘기들, 거기에 유용하게 써먹을 수 있는 정보와 지식까지. 나처럼 여기저기 기웃대고 괜히 서로 연결 지어보며 혼자 깨닫고 뿌듯해하는 주의 산만형 인간에게 이보다 가성비 좋은 콘텐트가 어디 있을까.

특히 양질의 사진을 마음껏 볼 수 있어 좋다. 화려한 패션 화보와 인물 인터뷰, 풍경이나 공간 촬영, 다양한 오브제와 아이템 연출 컷 등. 잘 연출된 사진 앞에서 나는 감탄을 참을 수가 없다. 잡지를 한 번 펼쳐보자. 두 쪽 전체를 채우는 화보부터 좌측 하단 모서리에 유튜브 섬네일만한 크기의 컷까지, 잡지 페이지는 프로들이 찍은 감도 높은 사진들로 가득하다. 에디터가 자신이 담당하는 지면을 기획하고 관련 인물과 장소를 섭외해서, 사진 작가와 함께 협력해 만들어 내는 작업물. 이는 글의 내용을 풍부하고 입체적으로 살려줄 뿐만 아니라 그 자체로 독자의 눈을 즐겁게 한다. 깨알 같은 글자로 꽉꽉 채워진 단행본보다 덜 부담스러운 마음으로 잡지를 읽을 수 있는 건, 이런 탁월한 사진들 덕분이다. 아무리 전하고자 하는 메시지가 좋고 개별 기사의 문장력이 훌륭해도 이미지의 퀄리티가 별로면 잡지로서의 매력은 떨어진다. 나는 끝내주는 사진을 감상하고 싶을 때 잡지를 집어 들고는 하니까. 오해는 말자. 글이 어떻든 알 바 아니고 사진만 좋으면 장땡이라는 극단적인 입장은 아니다. 잡지의 주요한 특징은 비주얼과 텍스트가 함께 있다는 사실, 그 둘이 하나의 호흡 안에서 어떻게 조화를 이루는가가 중요하다. 잡지란 글과 이미지를 어떻게 하면 가장 재밌고 멋지고 효율적으로 보여줄지 고민하는 매체니까. 전달하려는 메시지와 정보에 따라 둘의 관계를 세심하게 조정하는 것이야말로, 잡지를 만드는 이에게 주어진 막중한 임무다.

○

첫사랑 같은 잡지가 있냐고 내게 묻는다면 나는 망설임 없이 〈어라운드〉라고 답하겠다. 격월로 발행되는 라이프스타일 매거진인 〈어라운드〉의 캐치프레이즈는 다음과 같다. '이 책을 읽는 동안 당신 주변의 시간은 조금 느리게 흐릅니다'. 처음 만난 이 잡지의 모습은 종이가 아니라 웹사이트였다. 2014년 당시 네이버에 존재하던 매거진캐스트. 여러 분야의 잡지 기사를 웹에서도 읽을 수 있도록 옮겨놓은 곳이었는데 그중 여행/레저 카테고리에서 〈어라운드〉를 발견한 거다. 입대를 앞두고 한창 일탈에 대한 욕망이 자라나던 불쌍한 그 시절. 〈어라운드〉에서 보았던 감성적인 필름 사진, 낮은 목소리로 조곤조곤 말해주는 듯한 에세이들이 얼마나 위로가 되었는지 모른다. 전체적으로 편안하고 따뜻한 분위기라서 이걸 읽는 순간만큼은 내 일상도 평온하고 안락해지는 것만 같은 기분 좋은 착각이 들었다. 운 좋게도 입대한 부대 안에 〈어라운드〉가 몇 권 비치돼 있어서 군 생활 내내 아껴 읽을 수 있었다. 주변에 말 잘 통하는 선임이나 후임들한테도 추천해 줬는데, 감성 좀 팔아봤다는 친구들이 재밌게 읽는 걸 보며 옆에서 얼마나 뿌듯했는지 모른다. 〈어라운드〉는 지금도 꾸준히 나오고 있다. 디자인은 조금씩 변화를 맞이하고 있지만 나른하고 따스한 톤의 필름 사진과 느린 호흡의 글들은 여전히 그대로다.

한편 화려하고 매혹적인 패션 잡지의 장점도 확고하다. 고백하자면 옛날 옛적 멋도 모를 시절에는 패션지에 대한 편견이 있었다. 〈어라운드〉나 〈킨포크〉, 〈컨셉진〉 같은 일상적이고 친근한 분위기의 라이프스타일 잡지를 좋아하다 보니 그것과는 꽤 동떨어져 보이는 〈보그〉나 〈지큐〉, 〈데이즈드〉 같은 패션지들이 '그들만의 세상'처럼 느껴졌다. 온갖 럭셔리 브랜드로 도배된 지면과 '이게 뭐지?' 하고 흠칫하게 만드는 파격적인 모습의 모델들, 무슨 말인지 당최 못 알아 듣겠는 문장들까지. 내게는 좀처럼 친해지기가 어려운 친구였다. 평소 내가 생각하고 경험하는 세계와는 거리가 멀다 보니 여기는 세속과 허영만 가득한 요란한 빈 수레 같은 세계라고 생각했다.

더 많은 잡지와 더 다양한 콘텐츠를 접하며 뒤늦게야 알았다. 메이저 패션지가 가진 저력과 매력을 말이다. 동시대의 가장 인상적인 움직임을 보여주는 이들을 패션, 문화, 예술이라는 렌즈를 통해 이렇게 빠르고, 예리하고, 낯설게 보여줄 수 있구나. 분명한 기준과 논리를 토대로 굴러가는 패션 산업을 치열하게 포착하는 일. 유명인들에게서 볼 수 없었던 이미지를 끌어냄으로써 새로움을 안겨주는 일. 특정 대상에 대해 그 누구도 시도하지 않았던 솔직하고 거침없으며 대담한 표현을 세상에 던지는 일. 패션지가 주는 생경하고 선명한 에너지에 나는 매료됐다. 내가 볼 수 없고 만들 수 없는 걸 매번 기대 이상의 결과물로 내놓는 그들이 대단하고 부러웠다. 당대의 글쟁이와 패션덕후와 사진 장인들이 내딛는 멋진 행보를, 이제는 동경하는 마음으로 따라간다. 다음에는 또 어떤 화보와 칼럼이 신선한 충격을 안겨줄지 기대할 수밖에 없다.

잡지의 시대는 저물었다고들 한다. 하지만 여전히 크고 작은 개성 있는 잡지들이 쏟아져나오고 있다. 기성 잡지는 축적된 아카이브를 기반으로 급변하는 미디어 환경에 맞춰 유연한 시도를 꾀한다. '기획력'과 '콘텐츠'라는 본질은 어디 안 가니까, 이를 자양분 삼아 여러 방식으로 변주, 확장하고 있다. 처음 등장하는 새로운 잡지들도 많다. 세상에 꺼내고 싶었던 이야기를 가장 자유롭게, 무게감 있게 남기기 위해 그들은 2022년에도 잡지를 만든다. 무궁무진한 독립 잡지까지 더해져 '이런 잡지도 있을까' 싶은 매체까지 웬만하면 다 있다. 앞으로도 그 범주는 계속 늘어날 거다.

나 역시 기회가 될 때마다 잡지를 만드는 과정에 계속 참여하려 한다. 당장은 자신 없지만, 책임 에디터로 앞에서 진두지휘하는 것도 꿈꾸고 있다. 특정 섹션만 담당해 한발 살짝 담근 채로 진행하는 것도 좋겠다. 하다못해 에세이 한 편을 청탁받아 기고하거나, 특정 주제의 인터뷰로 참여할 수만 있어도 감지덕지다. 형태만 달라질 뿐 어떻게든 잡지라는 매체의 수명은 지속될 거라 믿는다. 거기에 내 이름도 종종 등장할 수 있도록 열심히 살아야지. 실컷 열심히 살았는데 잡지가 다 사라져서 못 나오면 너무 억울할 듯. 하나라도 덜 폐간되어야 한다. 나라도 많이 사서 읽는 방법밖에는 없다.

한때 나도 플레이리스트 채널을 운영했었다

요즘 나는 유튜브에서 음악을 듣는다. 갓 발매된 따끈따끈한 한국 가요부터 "너, 이거 안 들어봤지?" 친구에게 거들먹거리기 좋은 희귀한 해외 음반까지. 오랫동안 사용해 온 음원 스트리밍 사이트가 있지만 그건 주로 바깥에서 지하철을 타거나 산책할 때 틀어 놓는, 말 그대로 재생용에 가깝다. 새로운 노래를 찾고 싶거나, 이 뮤지션과 비슷한 스타일의 다른 뮤지션을 알고 싶어 꼬리에 꼬리를 물며 '디깅digging'할 때는 늘 유튜브를 헤맨다. 방대한 자료 아카이브에서, 신통방통한 알고리즘의 도움을 받으며. 이 과정에서 특히나 큰 역할을 하는 게 플레이리스트 채널이다. 누구나 자기 채널을 만들어 영상을 게시할 수 있는 플랫폼인 만큼 유튜브에는 자기 취향과 감성을 듬뿍 녹여 플레이리스트를 업로드하는 채널들이 많다. 장르별로 주제별로 다양한 곡들을 묶어 올려주는데, 이들을 통해 음악을 듣다 보면 몰랐던 노래를 좀 더 효율적으로 발견할 수 있다. 더불어 이 주제로 이 플레이리스트를 만든 유튜버의 관점과 취향을 엿보기도 한다. 공감 가는 재밌는 주제와 한눈에 분위기를 전해주는 이미지, 자연스럽게 흘러가며 한껏 정서를 북돋는 곡 구성은 별것 아닐 수 있는 음악 감상을 더 풍성하고 다채롭게 만들어 준다.

그래서 요즘 배가 좀 아프다. 많은 사람의 사랑을 받는 플레이리스트 채널을 보고 있자니 속이 쓰리다. 그들을 응원하고 지지해 주는 수십만의 구독자도, 새로운 콘텐츠 흐름이라며 앞다퉈 인터뷰하고 조명하는 업계의 스포트라이트도. 그 자리는 내 자리였어야 하니까. 모두가 내 것이어야 하니까. 고백하자면 나도 플레이리스트 채널을 만들고 운영했다. '한다'가 아니라 '했다'인 것은 이제는 명명백백한 과거의 일이기 때문이다. 원래도 음악 골라 듣기를 워낙 좋아했던 나는 어린 시절부터 상황에 맞는 음악을 찾아 플레이리스트를 꾸리곤 했다. 내가 꿈꿔온 절묘한 타이밍에 미리 만들어 둔 플레이리스트를 듣는 쾌감은 말로 표현하기가 어렵지. 플레이리스트를

③ 잘났다고 좋겠다 해라 부러 죽겠다

최대한 많이 다양하게 보유할수록 마음이 든든했고, 좋고 재밌는 건 남들과 공유해야 직성이 풀리는 성향 때문에 주변 사람들에게도 내 음악 아카이브를 적극 영업했다. 시키지도 않았는데 상황별/분위기별 플레이리스트들을 여러 개 보내주며 꼭 들어보라고 질척댔다. 지금 이 자리를 빌려 음악 허세에 절어 있던 그 시절의 나에게 시달린 분들께 사과를 전하고 싶다.

매일같이 유튜브를 들락날락하는 나에게, 내 채널에서 내가 직접 만든 플레이리스트를 제공한다는 건 꽤나 매력적인 일로 다가왔다. 이미 높은 인기를 누리는 채널들을 눈꼴셔 하던 나는, 사실 질투와 부러움으로 똘똘 뭉쳐 있었음을 자각한 뒤 더 늦기 전에 뛰어들어 보자는 마음으로 채널을 개설했다. 이름은 파이프 드림 레코즈 pipe dream records. 파이프 드림pipe dream은 '몽상', '공상'이라는 의미의 표현인데 어감도 좋고 내가 지향하는 콘셉트와 딱 맞았다. 누구나 꿈꿔볼 법한 특별한 순간을 플레이리스트로 엮어낸다는 콘셉트. 가상의 상황을 덧붙인 특정 테마를 주제로 그에 어울리는 음악을 들려주는 콘텐츠다. 내 타고난 과몰입 능력이 상당히 잘 녹아들 수 있는 방식이랄까? 최대한 섬세하게 접근하는 게 포인트였다. 공감하기 좋은 상황과 분위기를 설정하려 노력했고, 공들여 음악을 고른 뒤 이를 더 풍성하게 보여주기 위해 시각적으로 잘 어울리는 사진도 골랐다.

크리스마스에 해보고 싶은 일로 오래도록 꼽아온 것 하나가 바로 유럽의 대성당 방문하기다. 1년 내내 기다리던 크리스마스이브에 유서 깊은 대성당을 찾아가는 것. 반짝이는 스테인드글라스 아래, 파이프 오르간 반주에 맞춰 부르는 성가대의 노래. 그 노래가 주는 성탄절 특유의 신비롭고 경건한 분위기를 온몸으로 느껴보고 싶다. '성탄 전야에 찾은 대성당'이란 제목의 플레이리스트는 거기서 출발했다. 가족의 건강과 세계 평화를 기도하는 성당 속 내 모습을 상상했다. 듣기만 해도 성스러워지는 경건하고 웅장한 분위기의 합창단 성가 위주로 선곡했고, 배경에는 미국의 어느 성당을 촬영한 무료 사진을 삽입했다. 너무 은혜롭다며 나를 축복해 주는 독실한 크리스천들의 댓글이 아직까지도 달리는 뿌듯한 영상이다.

'제주, 언니네 책방'이라는 플레이리스트도 있다. 제주 남쪽 조용한 마을에 자리한 언니네 책방에 도착했다는 설정. 잠시 언니가 자리를 비워 혼자 책방에 앉아 있는 상황을 상상하다가, 그 고요하고 평화로운 정경을 고스란히 옮겨보고 싶었다. 머릿속으로 책방의 분위기를 그리며 강아솔, 재주소년, 이아립 등 국내 포크 뮤지션들의 잔잔한 음악들을 깔아놨지. 이 영상을 클릭해 설명을 읽으며 음악을 듣는 순간 정말 있지도 않은 언니네 책방에 앉아 있는 듯한 느낌이 든다. 난로를 쬐고, 책을 읽으며, 옆에서 꾸벅꾸벅 조는 고양이를 구경하는 것만 같다.

○

아이디어는 그칠 줄 모르고 솟아났다. 참 열심히도 만들었다. 자주는 못 올렸지만 그래도 한 2년 정도 지속했던 걸로 기억한다. 하지만 어느 순간 업로드는 뜸해졌고 결국 지금의 상황에 이르고야 말았다. 나는 지쳤다. 지친 이유는 두 가지. 일단 반응이 더럽게 없다. 하늘도 무심하시지, 조회 수가 안 나와도 너무 안 나온다. 피드백도 없으니 기운이 쭉 빠질 수밖에. 근데 그것보다 더 기운 빠지는 건 실컷 공들여서 음악을 고르고 영상을 만들어 올렸더니 뒤늦게 차단당하는 일이 종종 생겼다는 거다. 음악 저작권 문제다. 보통 유튜브 영상에 음악을 걸면 자동으로 저작권 인지가 되는데, 수익 창출을 못하게 막되 재생은 가능한 경우가 있고 아예 영상이 비공개 처리되는 경우가 있다. 어차피 이걸로 수익을 낼 마음은 없었으니 수익금이 막히는 거야 상관없지만 비공개는 얘기가 달랐다. 영상

자체가 차단되면 그간의 노력이 다 물거품이 된다. 야속하게도 영상이 내려가는 일은 반복됐고, 채널 주인장은 안 그래도 없는 자신감에 동기까지 잃었고, 자연스럽게 손을 놓게 되었다. 마지막으로 업로드한 영상의 날짜는 1년 전이다.

나약한 나와는 달리 꾸준히 콘텐츠를 이어간 타 채널들은 높은 인기를 누리는 중이다. 구독자가 30만을 훌쩍 넘어가는 채널도 많다. 충성도 높은 구독자들과 커뮤니티를 이루어 서로 소통하고 에너지를 주고받는다. 더 나아가 굿즈를 만들어 판매하거나 온라인 모임을 열기도 한다. 저작권 때문에 영상 조회 수로 수익을 낼 수는 없지만 유료 광고 콘텐츠를 진행하거나 감각 좋은 브랜드와 컬래버레이션 콘텐츠도 만든다. 탄탄한 기획력과 성실성, 영리한 채널 운용 능력을 인정받아 비즈니스 플랫폼에 그들의 인터뷰가 실리기도 한다. 심지어 어떤 유명 플레이리스트 채널은 공중파 라디오 방송의 고정 게스트로도 발탁됐다!

다시 한번 말하지만 배가 너무 아프다. 아쉽고 속상하다. 그렇게 쉽게 그만두지 말았어야 했는데. 영상이 차단되더라도 꿋꿋이 다른 거 만들어서 올리고, 다른 채널들을 참고하며 더 영민하게 기획하고 운영해야 했다. 분명 나도 저 사람들만큼 한 감성 하는데… 저도 더 디테일하게 주제 짤 수 있고요,

분위기랑 찰떡같이 어울리는 이미지도 찾을 수 있고요, 비문 없고 맛깔나게 읽히는 글 쓸 수 있고요, 구독자분들과 티키타카 교류할 수 있고요, 여러 브랜드와의 협업 콘텐츠도 적극적으로 진행할 수 있단 말이에요. 그러니까 내가 저 자식들보다 잘할 수 있다고!

그러나 이게 얼마나 공허한 외침인지 잘 안다. 얼마나 같잖은 마음인지는 나도 잘 안다. 우린 달랐다. 그들은 했고, 난 도중에 멈췄다. 그들은 그냥 잘했고, 나는 뭐가 잘못됐는지 모르지만… 하여튼 그들보다 못했다. 그리고 솔직히 나도 다른 플레이리스트 채널들의 콘텐츠를 애용한다. 음악은 듣고 싶은데 딱히 뭘 들어야겠다 떠오르지 않을 때 습관적으로 유튜브에 들어가 플레이리스트 채널들을 뒤적거린다. 뼈아픈 패배를 인정한다. 여전히 짜증은 좀 나지만 그래도 이제는 쿨하게 추천도 하고 그래야지. 비록 내 채널은 멈춰 있지만 다른 좋은 채널들이 제공하는 플레이리스트 많이 들어주시길. 누군가의 관점과 취향에 기반한 플레이리스트를 얻는 건 생각보다 일상의 큰 즐거움이 되니까. 다양한 플레이리스트를 듣다 보면 자연스럽게 내 관점과 취향이 투영된 나만의 플레이리스트도 얻게 될 테니 말이다. 음악 플레이리스트야말로 가장 간편하면서도 유용한, 최고의 가성비 아카이브다.

사람 일은 모르니 채널 삭제만큼은 참을 거다. 누가 알겠어. 절치부심한 파이프 드림 레코즈가 나중에 더 멋진 모습으로 돌아올지. 구걸은 안 한다. 하지만 굳이 구독하시겠다면 말리지는 않겠다.

여기 컬래버 하나 추가요

아, 이런. 또 지갑 털리겠구나. 여느 때처럼 인스타그램을 훑어보던 나는 기분 좋은 비명을 질렀다. 잠자고 있던 소비 욕구가 다시 깨어난 것이다. 평소 좋아하던 스페셜티 커피 로스터리와 패션 브랜드의 협업 소식. 두 브랜드는 모자, 앞치마와 티셔츠, 블렌드 원두와 콜드브루 커피를 함께 만들었다. 그들의 만남이 신기했다. 같은 동네에 오프라인 공간을 두고 있다는 것 외에는 접점이 없어 보이던데. 역시 진짜는 진짜를 알아보는 건가. 각자의 자리에서 서로를 유심히 눈여겨보다가 어느 순간 이제는 때가 됐다며 누군가 스윽 손을 내밀었을 거 아닌가. 저희 협업 한 번 하시죠. 부러움과 팬심으로 혼자 내내 호들갑을 떨던 나는 H를 만나자마자 이 뉴스를 전달했다. 진짜 멋있지 않아?

당황스럽게도 예상한 반응이 아니었다. "음…" 심드렁한 표정으로 잠자코 듣고 있던 H는 이내 반문한다. "그래서 둘이 왜 이걸 같이 한 건데?" 아니, 서로 다른 분야의 브랜드가… 어떤 새로운 교류를 통해서… 신선한 제품과 콘텐츠를 만들고 어쩌고저쩌고… "그러니까, 원래 하던 거에서 그냥 브랜드 로고만 다르게 찍힌 거 아냐?" 그리고 침묵. 호들갑도 소비 욕구도 다시 잠재우기 충분한 질문이었다. 다 맞는 말이라고 인정하는 건 아니고, 내가 바보같이 속을 뻔했다고 안도의 한숨을 내뱉은 것도 아니고… 그저 생각할 시간이 필요했을 뿐이다. 한 번도 제대로 생각해보지 않았으니까. 대체 컬래버레이션이란 무엇인가.

바야흐로 협업의 시대. 누구랑 누가 한정판 뭐를 만들었네, 로컬 브랜드의 자존심 둘이 만나 기깔나는 에디션을 출시했네 등등 하루가 멀다 하고 크고 작은 컬래버레이션 소식이 쏟아진다. 근데 진짜 왜 만났지? 그들에게 새로운 만남과 협업은 무슨 의미고, 또 소비자 입장에서는 무슨 의미인가. 박찬용 작가는 패션 컬래버레이션 상품 시장의 동력 중 하나를 '조바심'으로 꼽으며 이렇게 적었다. "매력적인 물건이 잠깐만 만들어지고 앞으로는 볼 수 없다면 그 물건을 좋아하는 사람은 애가 탄다. 현대 사회의 패션 컬래버레이션은 사람을 애태우는 이유를 끝없이 늘려가면서 점차 커진다." 그래도 그렇지, 너무 많잖아. 한정판 딱지를 달고 나온 물건의 가짓수가 무수하게 많아졌다. 똑같은 제품은 더 안 나온다지만 조금만 기다리면 그걸 대체할 만한 또 다른 한정판이 쏟아진다. 거기서 거기라는 생각이 쌓이다 보면 점점 애타기는커녕 지루하고 피곤해지는 거다. 어차피 다음에 또 전혀 예상치 못한 브랜드랑 하나 내겠지. 지금이 아니어도 기회는 올 거야.

○

특정 브랜드를 좋아한다고 가정해 보자. 팬이라고 불리는 데 자부심을 느낄 정도로 충성도 높은 고객 입장에 서보는 거다. 이번에 내가 구매한 협업 제품이 내 최애 브랜드의 정체성을 공고히 하고, 기존 콘텐츠를 다각도로 확장한 탁월한 프로젝트라고 자신 있게 말할 수 있을까? 컬래버레이션을 위한 컬래버레이션 말고, 자기들끼리만 뿌듯하고 즐거운 컬래버 말고, 목적과 이유가 분명하며 그걸 가지고 소비자를 설득할 힘이 있는 컬래버. 그러니까 요즘 뭐만 하면 외쳐대는 '브랜딩'

을 위한 컬래버레이션이 맞는 걸까.

그 와중에 흥미로운 컬래버를 발견했다. 2021년 가을에 진행된 〈아침 Achim〉 매거진과 바통 밀 카페의 협업이다. 〈아침〉 매거진은 '아침'이라는 대주제 아래 바캉스, 샤워, 요가 등 다양한 테마를 다루는 타블로이드 판형의 계간지로, 독창적인 형태와 공감 가는 콘셉트, 귀엽고 산뜻한 디자인 모두 좋아서 줄곧 애정 어린 마음으로 지켜봤다. 〈아침〉 매거진 18호의 주제는 브런치로, 브런치를 "아침과 점심 사이 그 가운데에 자리한 맛과 시간의 하이브리드"로 정의내리며 에세이, 인터뷰, 화보, 플레이리스트 등의 콘텐츠로 풀어냈다. 발간되자마자 구매해서 읽었는데, 그중 특히 눈길을 끈 건 레시피 꼭지였다. 편집장이 상상한 기분 좋은 브런치 한 접시에 대한 단상과 함께 유자 바질 버터를 만드는 방법이 소개된다. 재밌는 건 편집장이 집에서 만들어 먹는 레시피가 아닌, 북유럽 가정식을 베이스로 건강한 브런치를 선보이는 바통 밀 카페의 레시피가 실렸다는 점. 그리고 유자 바질 버터로 만든 브런치는 실제로 10월 한 달간 서울 용산구에 위치한 바통 매장에서 스페셜 메뉴로 제공됐다는 점이다.

독립 잡지와 브런치 카페의 컬래버레이션. 구체적으로 그들이 뭘 협업했냐고 묻는다면 다음과 같다. 브런치가 주제인

〈아침〉 18호 콘텐츠 중 하나로 바통의 레시피가 소개됐다. 또 잡지가 발간된 직후 한 달 동안 바통 매장에서는 'Achim X Baton All day meal'이란 이름의 메뉴를 맛볼 수 있었다. 바통이 개발한 (메뉴에 포함된) 그래놀라와 잼이 〈아침〉이 디자인한 패키지에 담겼고, 깔끔하게 플레이팅된 메뉴는 필름 사진으로 촬영돼 포스터로 판매됐다.

그래서 무슨 의미가 있냐고 묻는다면 다음과 같다. 〈아침〉은 지면 속 콘텐츠를 식사 메뉴라는 물성 지닌 상품으로 끄집어냈다. 바통은 새로운 메뉴를 개발하고 제공하며 고유의 레시피를 매거진에 소개했다. 잡지를 읽는 행위와, 음식을 먹는 행위와, 제품을 사는 행위가 동시에 이루어졌다. 두 브랜드 다 원래 하던 일들, 잘하던 일들을 합쳤을 뿐인데 신선한 경험을 결과로 이끌어냈다. 기존의 색깔을 강화하면서, 새로운 시도까지. 심지어 어느 한쪽으로 치우치지 않은 두 브랜드의 윈-윈이다! (는 내 추측일 뿐이다. 실제 매출이 어땠는지, 홍보 효과는 기대에 미쳤는지, 내부 사정은 어떤지 나는 전혀 모른다.) 바통 카페에서 올데이 밀이 제공된 마지막 날. 이 한정판을 놓칠 수 없는 나는 여전히 시큰둥하던 H를 데리고 부랴부랴 다녀왔다. 속된 말로 '존맛탱'이었다.

언젠가 나도 협업 프로젝트를 해볼 수 있을까? 김정현 이름 석 자 걸고 개인으로 해봐도, 훗날 직접 만들고 전개할 브랜드라도 좋겠다. 내가 생산자 입장이 되어본다면 이건 또 이야기가 달라진다. 분명 거부하기 어려운 열망이 찾아올 것 같다. 전혀 다른 분야에서 자기만의 일을 일구고 있는 새로운 사람, 새로운 브랜드와 만난다는 사실만으로도 구미가 당기니까. 어쩌면 시종일관 여기저기 기웃대고 발가락 하나라도 걸쳐보고자 하는 나 같은 미어캣에게 협업은 특권일지도 모른다. 좁은 시야를 확장할 수 있는 기회이자 안주하지 않고 계속 새로운 것을 만들어 볼 수 있는 무대. 만만한 일이 아니기에 만반의 준비가 필요하겠다. 원래 멀리 떨어져서 추측하고 점수 매기고 분류하는 게 제일 쉽지 않던가. 나만 신나고 나만 만족하는 협업이 되지 않기 위해서는 정신 똑바로 차려야 한다. 쉽게 동요하고 호들갑 떨지 않는 H에게 또 한 번 상처받지 않으려면 말이다.

—

"All day meal is served", Achim X Bâton,
〈Achim〉Vol 18. Brunch

괜찮은 중매쟁이가 되고 싶어

이따금 나는 내 일을 소개팅 주선자에 비유하곤 한다. 괜찮은 친구가 하나 있다. 좋은 사람 만나 연애를 하고 싶어 하는데 기회가 없단다. 다른 어쭙잖은 놈이라면 모를까 A라면 기꺼이 내가 나서서 자리를 만들어 봐야지. 마침 이 친구와 잘 어울릴 것 같은 B가 생각난다. 다행히 나를 신뢰하는지 B는 소개팅 자리에 긍정적이다. 이제부터가 시작. 대망의 첫 만남 전까지 나는 A의 충실한 영업사원이 된다. 새로 나온 CLS클래스 모델을 소개하는 메르세데스 벤츠 코리아 딜러보다 더 열과 성을 다해 홍보한다. A는 어떤 특징을 가진 사람인가. 그 특징 가운데 내가 매력을 느끼는 포인트는 무엇인가. 무조건적인 편애가 아니라는 걸 증명할 주변 사람들의 평판까지. 객관적 특성과 주관적 느낌에 애정 어린 허풍 반 숟갈 정도를 섞고 나면 내 역할은 끝이다. B의 눈치를 살핀다. 소개팅 날만 기다리는 것 같다. 벌써 반은 넘어간 거다.

어쩌다 나는 소개왕이 됐다. 왕은 그냥 혼자 오버해서 붙인 수식어고, 아무튼 나는 무언가를 열심히 소개하고 전달하는 일을 하고 있다. '무언가'에 포함되는 건 다양하다. 관심 분야가 워낙 잡다해서 내 레이더에 들어오는 건 모두 유용한 재료가 된다. 자기만의 흥미로운 작업을 기획하고 전개하는 동시대의 멋진 사람들을 소개한다. 주로 라이프스타일, 크리에이티브, 무슨무슨 디렉터 따위의 말들과 연관돼 있는 분들이다. 그들이 선보이는 콘텐츠나 서비스, 전개하는 브랜드와 공간도 추천한다. 관련 소식과 정보를 공유하고, 제작 과정이나 결과물에서 어떤 의미를 발견할 수 있는지 내 관점과 언어로 곱씹어서 전달한다.

써놓고 보니 굉장히 거창한 일 같지만 아직 업계에선 햇병아리일 뿐이다. 경력이 짧고 경험의 폭도 좁다. 그나마 내 적성과 잘 맞는 편이라 재밌게 일하는 중이다. 애초에 타고난 성향이 그렇다. 일단 뭘 끊임없이 보고 듣고 경험하길 좋아한다. 재밌고, 멋있고, 감동적인 걸 만날 때 너무 기쁘다. 중요한 건 기쁜 데서 그치지 않는다는 거. 무조건 다른 사람들한테 공유해야 한다. 내가 경험한 그 재미와 멋과 감동을 추천하고 영업해야 직성이 풀린다. 남들과 나눌 때 비로소 '마, 살아 있네' 희열을 느끼는 타입이다.

그 덕에 주변 사람들을 피곤하게 했다. 나와 함께하는 이들은 바라지도 않은 추천을 와르르 쏟아내는, '추천자판기'를 달고 다닌 셈이다. "이 음악 개좋아", "제가 어제 그 영화 보고 펑펑 울었잖아요", "너 어떤 카페 좋아한다고? 그럼 여기 꼭 가봐." 상대방이 조금만 관심을 보이면 고삐가 풀려 신나서 일장연설을 늘어놓는다. 이게 왜 재밌는지. 어떤 지점에서 상당히 인상적인지. 그걸 만든 사람은 원래 뭘 하는 사람이며, 이런 경력을 쌓아온 덕분에 이러저러한 평가를 받기도 한다는 온갖 TMI 대방출. 새삼 사과의 말을 전하고 싶다. 귀에서 피는 안 났는지 모르겠다. 눈의 초점이 점점 풀리고 있었다는 걸 왜 그때는 보지 못했을까.

사실 지금도 그런 눈치는 잘 못 본다. 적당히 끊을 줄 알았다면 인스타그램에서 이렇게 폭주하지는 않겠지. 한 번도 만나본 적 없는 불특정 다수에게 내가 좋아하는 걸 추천하고 영업할 수 있다니 이건 뭐 신세계가 따로 없었다. 일상을 공유하듯 자연스럽게 하나둘 올리기 시작했다. 새로 나온 인디 뮤지션의 음반, 두 번 세 번 읽은 시인의 인터뷰 답변, 기발하고 센스 넘치는 숏폼 코미디 영상, 신뢰하는 감각을 가진 비주얼 디렉터의 패션 칼럼, 어제 다녀온 조용하고 아늑한 카페⋯. 그렇게 열심히 업로드해 오다 '콘텐츠 에디터'라는 그럴듯한 이름을 달고 일을 하게 되면서 어느새 인스타그램이 내 경력 포트폴리오가 되어 버린 거다. 그리하여 요즘은 의식적으로 열심히 외친다. "이번에 제가 소개할 게 뭐냐면요!"

일에 대해 '좋겠다, 부럽다'는 말을 종종 듣는 이유다. 좋아하는 일을 업으로 삼을 수 있어서. 네, 좋습니다. 하지만 소개왕에게도 나름의 고충은 있는데⋯. 그것은 결국 이 모든 게 일이라는 거다. 좋아하는 것도 일과 만나는 순간 단지 '평소 좋아하는 걸 활용한 일'이 될 뿐이다. 재밌는 일에서도 재미를 찾을 순 있지만 아무 생각 없이 순수하게 즐길 때의 재미를 따라가지는 못한다. 충분히 느낄 새도 없이 조급함이 뒤따라오니까. 아, 이거 다음 달 기사 아이템으로 쓰면 좋겠다. 인스타그램에 누가 나보다 먼저 포스팅하면 어쩌지? 아무도 뭐라 안 했는데 소개왕 타이틀을 위협받을까 혼자 좌불안석이다.

많이 알아야 한다는 강박도 크다. 보고, 듣고, 가보고, 알아야 소개할 수 있으니까. 추천하고 전달하는 게 일인 사람은 말과 글로 내보내는 것의 최소 두세 배는 머릿속, 마음속에 업데

이트해 놔야 한다. 세상에는 신기하고 재밌는 것들이 감당할
수 없을 정도로 넘쳐난다. 불행인지 다행인지 내 몸은 하나.
체력도 정신적 여유도 어느 하나 보잘것없는 내가 애써봐야
뭘 얼마나 소화할 수 있을까. 지극히 당연한 사실인데도 당연
하지 않다고, 당연해서는 안 된다고 생각할 때마다 스트레스
를 받는다. 누워서 틱톡 볼 시간에 넷플릭스 다큐멘터리나 감
상할걸. 남의 계정 들어가서 스토리 훑고 좋아요 누를 시간에
어제 읽은 책 리뷰 올렸어야 했는데. 조금만 게을러져도 나 자
신을 다그치곤 한다. 이쯤 되면 좋아하는 걸 소개하는 건지,
소개하기 위해 좋아하는 걸 찾아 헤매는 건지 헷갈린다.

그럼에도 불구하고 당분간은 이 일을 계속 하고 싶다. 할
줄 아는 게 이런 것밖에 없거니와 적어도 리액션과 피드백이
끊기지 않는 한 나는 멈추지 않을 것이다. 나는 관종이다. 그
리고 리액션과 피드백은 관종을 춤추게 한다. 특히나 내 경우
에는 주요한 소개 대상이 되는 창작자/생산자와 소개를 받는
감상자/소비자 양측 모두의 반응을 얻을 수 있어 보람이 두
배다. 후자는 대체로 '고맙다', '유용하다'는 이야기를 전해준
다. 몰랐던 분야와 내용을 알려주기 때문이다. 사람들은 가끔
나에게 이런 말을 전한다. 정보가 너무 많아 무엇을 보고 들을
지, 어디를 가야 할지 헷갈릴 때, 내가 소개하고 추천해 주는

것들이 선택지를 줄여주는 역할을 한다고. 나 때문에 원래 알던 대상이 새롭게 보인다는 말까지 들으면 얼마나 기쁜지 모른다. "다른 사람이 알려줄 땐 그냥 지나쳤던 것도 정현 님 추천으로 보면 꼭 다르게 보인다니까요."

○

창작하고 생산하는 이들로부터 오는 호응은 더 짜릿하다. 사실 긴장도 된다. 그들이 시간과 돈과 노력을 들여 만들고 운영하는 것들을, 1도 상관없는 내가 얄량한 시선으로 해석하고 추측하고 평가하는 거니까. 그럼에도 작업의 가치를 알아줘서 고맙다거나 자신의 고민을 꼼꼼히 읽어주고 파악해 줘서 신기했다는 반응을 접할 때면, 헛짓하고 있는 건 아니구나 하고 안도한다. 최근에도 뿌듯한 피드백을 하나 받았다. 모 브랜드가 진행한 협업 프로젝트가 워낙 인상적이라 인스타그램에 리뷰를 작성했다. 프로젝트가 어떤 구성으로 이뤄졌는지를 조목조목 짚고, 그게 어떤 의미를 내포하는지, 내가 인상 깊게 느낀 지점은 무엇인지 구체적으로 적었다. 내심 기대는 했다. 분명 관계자가 이 글을 볼 텐데 어떻게 생각하려나. 아니나 다를까 댓글이 달렸다. "협업을 준비하며 고민했던 부분을 이렇게 세세하게 포착해 주시다니. 제 맘속을 들여다본 건 아닌가 할 정도로 살짝 소름이 돋았어요." 심지어 브랜드 뉴스레터에 내 리뷰를 공유하기까지 했다! 고맙다고 내가 연거푸 인사를 건네자 이런 말까지 덧붙였다. "앞으로 여러 기회와 타협의 순간을 마주할 때마다 남겨주신 후기를 떠올리며 현명한 결정을 내릴 수 있을 것 같아요. 계속 애정 어린 조언 부탁드립니다."

내 일은 귀한 가치를 지니고 있다. 사람들의 반응이 말해준다. 좋다고 느낀 것을 열심히 소개하고 전달하는 일이, 많은 이에게 재미와 의미를 선사한다고. 내 이야기가 누군가에겐 때로는 실용적인 정보가, 때로는 깊은 영감이 된다. 그런데 어떻게 내가 이 기쁨을 놓칠 수 있을까. 나는 아직 배고프다. 피가 되고 살이 되어줄 여러분의 리액션과 피드백을 포기하지 못하겠다. 그래, 나는 소개왕이니까. 나의 본능을 일깨울 그 열화와 같은 반응들을 상상하며, 오늘도 비장한 마음으로 소개팅 주선을 준비해야지.

잘 만든 콘텐츠에 관한
두 개의 힌트

어쩌다 콘텐츠를 기획하고 만드는 일을 하고 있다. '어쩌다'라는 무책임한 세 글자 뒤에 숨은 구구절절한 이야기는 다음 기회에 풀기로 하고…. 여하튼 뭔가를 구상하고 만들고 있는데 지금까지의 주재료는 글과 이미지다. 웹에 올라가는 기사나 에세이를 쓰고, 종이 잡지를 제작한다. 이따금 SNS나 유튜브 등에 활용될 만한 걸 생각하고 끄적거리고 구성하기도 한다. 거창한 걸 만드는 사람이라 으스대면 좋겠지만 아쉽게도 정말 별게 없다. 다만 거창한 걸 만드는 사람들과 마찬가지로 내가 만드는 것 역시 '콘텐츠'라는 대단히 모호한 영역에 속해 있어 보기와는 달리 쉬운 일이 아니다. 가뜩이나 어려워

죽겠는데 보고 듣는 건 많아서 눈만 높아지는 건 더 큰 문제다. 잘하는 사람들이 하루가 멀다 하고 쏟아져 나오니 욕심만 는다. 그놈의 크리에이티브가 뭐라고. 나도 더 멋있는 걸 만들고 싶다. 업계의 이목이 쏠릴 정도로 "크리에이티브"한, "영감"이 되는 걸 내놓고 싶다.

탁월한 콘텐츠는 어디에서 나오는가. 보는 사람을 바로 설득시킬 힘이 있는, 모든 내용이 마음에 들진 않더라도 인정할 수밖에 없는 '잘 만든 크리에이티브 콘텐츠'는 대체 어떻게 해야 만들 수 있는 걸까. 일을 그만두지 않는 한 평생을 고민해야 할 부분일 거다. 혼자 끙끙대다가 동료나 선배들에게 조언도 구하고 수차례 시행착오를 겪은 뒤에야 어느 정도 윤곽이 드러나겠지. 하지만 성질 급한 나는 그때까지 기다리기 힘들어서 뭐라도 하나 더 보려 한다. 좋은 걸 만들려면 먼저 좋은 게 뭔지 알아야 할 테고, 일단 닥치는 대로 봐야 와중에 느낌이 오는 게 생길 테니까. 잘 만들었다고 평가받는 콘텐츠들을 시도 때도 없이 봐왔다. 멋있는 콘텐츠를 만들 수 있는 방법을 전수 받기를 바라는 마음으로. 〈쇼미더머니〉에서 아버지께 정답을 알려 달라고 외친 송민호처럼 간절하게 구했다. 그러던 어느 날 두 개의 힌트가 내 앞에 도착했다.

○

〈보그〉 2020년 12월호에 실린 '보그 가족사진관'은 열두 명의 포토그래퍼가 찍은 열두 가족의 가족사진이다. 가족 구성원도, 서로가 맺는 관계와 이야기도 전부 제각각 다양하다. 포토그래퍼가 다른 만큼 사진의 빛깔과 질감도 비슷한 게 하나 없다. 열두 가족의 사진과 그들의 이야기를 담은 글을 정독하며 나는 사진 반대편에서 편집부가 던지고 있을 질문에 대해 생각했다. 가족의 정위와 범위, 그 무수한 관계에 얽힌 보편적이면서 개별적인 감정들, 그리고 이 모든 걸 둘러싼 사회의 눈과 입에 대해서 말이다. 대단한 건 그 질문들을 기어코 '보그스러운' 결과물로 완성했다는 거다. 감각적이고 세련된 걸로. 예리하고, 명료한 걸로.

사실 질문 자체는 새롭지 않았을지도 모른다. 가족의 의미를 되돌아보자는 메시지도, 유명하고 잘난 사람이 아닌 우리 주변의 보통 사람을 조명하고 기록하는 일도 이미 많은 사람이 다양한 방식으로 묵묵히 잘 해내고 있다. 다만 〈보그〉는 가족사진이란 콘셉트를 붙였고, 이야기를 들어볼 다양한 유형의 가족들을 수소문해 섭외했으며, 그들의 현재를 열두 명의 포토그래퍼가 각자의 고유한 시선으로 표현하게 구성했다.

그러니까 이건 같은 곳에서 시작해 다른 곳에 도달한 콘텐츠다. 어렵지 않아도 근사할 수 있고 독보적인데도 공감을 얻을 수 있다. 무엇보다 나다운데 새로울 수 있다.

〈보그〉가 알려줬다. 듣도 보도 못한 소재를 찾는 거, 누가 봐도 파격이란 말을 붙일 수밖에 없는 기발하고 신박한 방식으로 짜는 거, 그런 거 없이도 크리에이티브는 가능하다고. 동시대의 삶과 사람을 향한 애정에서부터 출발하면 된다. 그 속에서 만나는 익숙한 가치와 평범한 소재에 질문을 던져보면 된다. 답을 만들어가는 과정에서 원래 나의 색깔과 스타일을 잃지 않으면 된다. 누구에게나 존재하지만 누구나 발견할 수는 없는 이야기, 이 빛나는 삶의 이야기를 기어이 발굴하고 전달하겠다는 의지. 이것이 '나다움'에 대한 집요한 고민과 만날 때 비로소 크리에이티브가 시작되는 건지도 모르겠다.

○

시작은 그렇다 치고 그럼 완성은 어떻게 할 수 있을까. 실제로 잡지나 콘텐츠를 만들다 보면 순조롭게 진행되는 듯해도 막상 결과물을 보면 김이 팍 새는 경우가 허다하다. 뭘 말하려는지도 대충 이해하겠고 이런 방식으로 구현했다는 것도 알겠는데, 그 두 가지가 딱 합을 이루지 못해 어딘가 엉성하고 별거 없단 느낌을 주는 거다. 이때 완성도를 위해 가장 필요한 건 내용과 형식이 완벽하게 맞아 떨어지는 것. 포토그래퍼 정멜멜의 사진 엽서집 〈Lappi〉를 보고 확신이 들었다. 〈Lappi〉는 그녀가 만난 핀란드 라플란드의 겨울 풍경을 52장의 엽서로 엮은 책이다. 사진 품질부터 책 구석구석의 만듦새까지 흠 잡을 데 없이 훌륭하다. 특히 사진의 콘셉트와 내용이 엽서집의 물성을 만나면 이렇게나 입체적으로 구현될 수 있다는 걸 보여주는 탁월한 사례다. 콘텐츠의 내용과 형식이 더할 나위 없이 조화를 이룬다.

앞면 사진에 펼쳐진 라플란드의 빛과 눈은 뒷면에서 서체, 기호, 구분선, 여백 등 크고 작은 디자인 요소로 활용되며 그 분위기를 이어간다. 펄이 들어간 종이에 옅은 모노톤으로 인쇄된 표지에는 겨울의 고요함이 담겨 있고, 속이 비치는 재질의 겉싸개는 보랏빛을 머금고 있어 저녁 노을을 겹쳐 보이게끔 만든다.

엽서집에 포함돼 있는 굿즈는 말해 뭐할까. 책에 쓰인 다양한 형태의 눈 기호를 하나씩 스티커로 만들었다. 단순히 귀엽고 예쁘기만 한 '굿즈를 위한 굿즈'를 넘어, 사진이 주는 감각과 여운을 이어가는 굿즈다운 굿즈의 기능을 수행한다. 정말이지 대충 만들어진 구석이 하나도 없다. 주제와 내용, 그걸 포괄하는 디자인, 판형, 종이 재질, 제본, 기타 후가공과 굿즈까지. 정확한 이해와 치밀한 소통 위에 꼼꼼함과 집요함이 더해져 이런 결과가 나왔을 거라 생각한다. 포토그래퍼 정멜멜의 멋진 작품과, 그래픽 디자이너 김리윤의 탁월한 해석 모두에 감탄과 감사를 동시에 느꼈다. 한 장씩 뜯어 가까운 이들에게 편지를 써서 전해줄 생각을 하니, 그것 참 아까우면서도 기뻤다.

용케 두 개의 힌트를 얻어냈다. '와, 졸라 멋있다'로만 그치지 않아 다행이다. 영감도 충전했겠다, 이제 나도 뭔가를 만들어봐야 하지 않을까? 당장 사람들을 섭외해 사진을 찍고 인터뷰를 할 수는 없다. 비행기 타고 지구 반대편으로 날아가 풍경 사진을 왕창 찍어올 수도, 그걸 가지고 천재 디자이너와 함께 책으로 찍어낼 수도 없는 노릇이다. 오버하지 말자. 힌트는 힌트일 뿐. 평소 해오던 것과 해보고 싶었던 것과 할 수 있는 것에 어떻게 적용할지 궁리해야겠다. 궁리 끝에 탄생한 내 콘텐츠가 훗날 누군가에겐 유용한 레퍼런스가, 절묘한 힌트가 될지도 모른다. 인터넷 열심히 검색하다 보물 같은 장문의 리뷰를 만나게 되는 날이 오기를. 우선 메모장에 저장한 잡다한 콘텐츠 아이디어부터 뒤적여 봐야지.

—

'보그 가족 사진관', 〈보그 Vogue Korea〉,
2020년 11월.

정멜멜, 〈Lappi〉

차차 없이도 술술 읽히는
자동차 리뷰

자동차에 별 관심이 없다. 운전도 안 한다. 작년 1월에 뒤늦
게 면허를 땄는데 그 이후로 한 번도 운전대를 잡아보질 못했
다. 어떤 차가 좋은지도 잘 모른다. 딱히 알고 싶지도 않다. 차
살 돈도 없거니와 누가 갑자기 공짜로 준다고 해도 운전하기
겁나서 몇 달간은 방치할 것 같다. 6년 전 군 복무 중일 때였
나. 한 번은 주변에서 슈퍼카를 주제로 열띤 토론을 벌였다.
엔초 페라리, 람보르기니 무르시엘라고, 부가티 베이론… 네
가 이기네 내가 이기네 갈수록 양상이 과열되었는데, 당최 그
게 무엇인지 모르는 나는 옅은 미소를 띤 채 잠자코 있었다.
차도 없는 놈들이 왜 딴 세상 얘기로 열을 내는지. 내가 보기

엔 다 거기서 거기인데 말이다. 셋 다 고만고만하게 멋있고, 무엇보다 셋 다 관심이 전혀 생기지 않는 대상이었다. 지금은 저게 다 슈퍼카 범주에 속하는 자동차라는 정도는 안다. (사실 검색해 보기 전까지 부가티가 페라리나 람보르기니에서 나온 모델명이라고 생각했다.)

얼마 전 한 유튜브 채널을 구독했다. 이름은 '더파크THE PARK'. 자동차 중심의 라이프스타일 리뷰 채널이다. 자타공인 '차알못'인 내가 자동차 리뷰 채널을 구독한다니 앞뒤가 심하게 안 맞는다. 어쩔 수 없었다. 콘텐츠가 재밌으니까. 차알못인 내가 봐도 설명이 재밌었기 때문이다. 배꼽 빠지게 웃긴다거나 듣도 보도 못한 기발한 콘셉트를 잡거나 그런 건 아니다. 콘텐츠의 설득력이 상당하다. 특정한 차 모델에 대해 설명하는데 관련 지식이라곤 1도 없는 내가 봐도 다 이해가 된다. 이 차를 더 깊게 이해하고 탈 수 있도록, 이 차를 더 풍부한 관점에서 즐길 수 있도록 차의 특성과 매력이 가진 맥락을 탁월하게 살린다. 물론 디테일도 떨어지지 않는다. 〈에스콰이어〉와 〈GQ〉에서 자동차 전문 에디터로 오랜 시간 활약한 정우성 대표의 내공이 여실히 느껴진다.

르노의 '트위지'를 다룬 영상을 보고 구독을 결심하게 됐다. 보통의 차들과는 다른, 새로운 형태의 도심 모빌리티로서 트위지의 특장점을 더할 나위 없이 전달한다. 트위지는 자동차와 스쿠터의 중간 성격쯤 되는 1인 모빌리티다. 솔직히 불편투성이다. 최고 속력 제한은 80km/h, 완충 시 최대 60km 정도까지밖에 못 달린다. 에어컨도, 히터도, 오디오 시스템도 없다. 이걸 알면서도 타는 사람은 그냥 호갱인 걸까? 르노는 왜 이런 실수를 저질렀지? 하지만 기획 의도를 알고 나면 얘기는 달라진다. 극복해 내지 못한 한계점이 아니라 애초부터 감수하고자 마음먹은, 지극히 자연스러운 콘셉트 선택이니까. 서울 시내만 해도 속도 제한 50km/h다. 일상을 소화하기에 60km 거리면 충분하다. 고속도로 타고 강원도 놀러 가라고 트위지 만든 거 아니다. 아우토반 질주하라고 만든 것도 아니다. 복잡한 도심 속을 더 유연하고 경쾌하게 누비세요. 트위지는 그거면 된다. 나머지를 덜어낸 이유다.

더파크는 여기서 한 발 더 내딛는다. 차의 특성과 매력을 보여주는 방식으로 아예 다른 분야와의 연결고리를 만든다. 트위지를 타고 갈 수 있는 도심 속 멋진 공간들. 좋은 커피를 파는 카페 '헬카페 보테가'와 좋은 구두를 파는 구두 편집 매장 '팔러'를 소개한다. 두 곳 다 어느 정도의 불편함을 수반하는 공간들이다. 불편한 곳이기에 얻을 수 있는 장점이 있고, 불편함을 말끔히 상쇄하고도 남는 압도적인 매력이 있다. 헬

카페 보테가와 팔러는 불편함을 참고 방문한 고객을 고만고 만하게 만족시키려는 생각이 없다. 대신 소수를 월등하게 만족시키고 싶어 한다. 르노 트위지처럼 말이다.

트위지의 불편함을 '의도적인 배제'라는 당위로 설득하고, '뚜렷하고 뾰족한 개성'이라는 장점을 부각해, 비슷한 맥락을 공유하는 다른 분야(카페 & 구두 편집숍)와 연결 지어 설명하기. 탄탄한 논리가 뒷받침된 구성을 따라가며 나는 트위지를 이해하게 됐다. 다른 구독자가 댓글에 쓴 표현처럼 '라이프스타일로서의 자동차/모빌리티'를 생각해 볼 수 있었다. 별 관심 없는 자동차, 심지어 처음 존재를 알게 된 모델의 매력을 파악하도록 돕고, 객관적 특성을 숙지시키는 걸 넘어 차를 바라보는 다양한 관점까지 제공하는 이토록 알찬 리뷰 콘텐츠. 마치 양질의 잡지 에디토리얼을 감상한 느낌이었다.

○

진짜 재밌는 콘텐츠는 취향을 타지 않는다. 기존에 내가 어떤 스타일을 좋아했든 일단 귀 기울이게 만든다. 설명을 듣기 시작하면 금세 몰입하게 되고, 머지않아 완벽하게 설득당한다. 충분한 근거와 구체적인 사례와 매끄러운 흐름으로 무장한 이야기. 그 앞에서 내 알량한 호불호는 아무 힘도 쓰지 못한다. 마성의 스토리텔러들이 이끄는 대로 재미와 감동과 유용한 정보만을 껴안은 채 흡족한 웃음을 지어 보일 뿐. 그렇게 또 한 뼘 세계가 넓어진다. 예상치 못한 소재와 방식으로 취향의 확장을 돕는 이야기를 만날 때마다 나는 쾌감을 느낀다.

앞으로도 뭔가를 소개하고 추천하는 일을 놓지 않을 것이다. 좋아하는 것들을 왜 좋아하는지, 얼마나 좋아하는지 계속해서 영업할 거다. 내 영업 활동도 '취향 저격'을 뛰어넘어 '새롭고 낯선 취향의 시작'을 만들어낼 수 있기를. 나한테 눈길 한번 안 주고 내 얘기를 귓등으로도 안 듣던 사람들에게 가닿고 싶다. 생소하더라도 결국엔 납득할 수밖에 없는 탄탄하고 매력적인 콘텐츠를 만들고 싶다. 만들고 또 만들고 또 만들어서, 어느 순간에는 '믿고 듣는' 목소리를 가진 스토리텔러로 한자리 꿰찰 수 있으면 좋겠는데. 아직은 멀어도 한참 멀었다.

—

더파크, 여전히 시선집중! 르노 트위지는 이렇게 타는 겁니다.
feat. 헬카페, 라이프스타일, 정체성

어설픈 위로는 그만 넣어둬

　서점에 갈 때마다 생각이 많아진다. 정확히는 에세이 베스트셀러 목록을 보면서 이따금 방황한다. 대체 위로란 무엇인가. 서점엔 '위로 에세이', '힐링 에세이'가 셀 수 없이 쏟아지고 있다. 인스타그램만 들어가 봐도 그렇지. 감성적인 손글씨로 적힌 두세 줄 정도의 따스한 말을 건네는 게시물을, 어렵지 않게 찾아볼 수 있다. 정확히 누구한테 하는 말인지, 이건 시라고 불러야 할지 편지라고 해야 할지 정체가 불분명하지만. 어쨌든 그런 걸 쓰고 또 읽는 사람이 많이 있다는 건 분명해 보인다.

　애석하게도 그 '많이'에 나는 포함되지 않는다. 직접 위로를 건네는 글과 말을 별로 좋아하지 않는다. 날 제대로 알지도 못하면서 다 괜찮다고, 넌 그 자체로 소중하다고 하는 게 솔직히 와닿지 않는다. 기계적으로 나오는 말 같아서. '진정성'을 의심하게 되는 위로 같다. 물론 좋은 의도이고, 마음으로 건네는 말이란 거 안다. 지치고 힘든 이들을 어루만져 주고 싶은 거, 진심을 다해 위로하고 싶다는 거 모르겠는가. 위로 전도사님들의 다정하고 선한 마음을 폄훼하고 싶지는 않다. 그게 유행이니까, 사람들이 많이 원하니까 이를 악용해 교묘한 짓을 저지르는 나쁜 놈들은 애초에 논외로 두자. 걔네는 그냥 쫄딱 망했으면 좋겠다.

문제는 선한 의도로 출발한 위로가 제대로 먹히지 않을 때다. 하는 말들이 너무 빤하다는 게 몰입을 방해한다. 당연하다. 이 작가가 아니라 저 작가가 한 말이라 해도 전혀 이상할 게 없으니까. 누가 하든 누가 듣든 아무 상관 없는, 붕붕 떠 있는 말이란 느낌이 든다. 예쁘고 따뜻한 느낌을 주는 단어와 표현만 적당히 양념으로 쓰고 누구라도 듣기 좋아할 말만 골라 쓴 것 같단 생각에 마음이 동할 리 만무하다. 구체성을 띤 단어 없이 두루두루, 좋은 게 좋은 거라는 식의 이야기는 안타깝게도 내 마음을 건드리지 못한다. 당신의 진심을 못 알아줘서 미안하지만, 내 진심과 제대로 대화를 시도해 보지 않은 건 그

쪽이다.

"아니, 누가 읽고 들을지도 모르는데 어떻게 구체적으로 뾰족하게 쓴단 말입니까!" 그러니까 말입니다. 제발 후~ 불면 날아갈 듯한 위로는 넣어뒀으면 좋겠다는 거예요. 굳이 닿지 못할 번지르르한 말만 던지지 말고 본인 이야기를 건네주세요. 당신이 어떤 일상을 누리고, 어떤 고민을 품고, 어떤 아픔이 있고, 어떤 즐거움을 느끼며 살고 있는지. 이게 바로 내가 에세이를 좋아하는 이유다. 저 사람이니까 할 수 있는 고유한 얘기, 저 사람 아니면 해줄 수 없는 생생하고 풍부한 얘기를 책을 통해 듣는다. 청자와 독자를 믿으면 된다. 사람들 다 알아서 자기 삶을 대입해 가며 적당히 공감하고 이해할 테니까. '아, 나만 이렇게 생각하는 게 아니었구나', '나만 이런 부분에서 상처받은 게 아니었구나' 반가움을 느낄 것이다. 그제서야 비로소 위로를 받을 수 있다고 난 믿는다.

위로는 '주다'라는 동사보다 '받다'라는 동사에 호응하는 말이다. 주는 사람이 결정하는 게 아니고 받는 사람이 느끼는 거다. 내가 주고 싶다고 줄 수 있는 위로였으면 세상이 얼마나 아름다워졌겠는가. 주변에 착한 사람들 많다. 착한 사람이라고 말하기는 어려워도 웬만한 사람들은 일말의 측은지심은 갖고 있다. 그렇게 선한 작은 마음들이 모여 힘들어하는 사람들 단칼에 치유해 주는 것이 별일이겠나 싶지만 엄청난 별일이다. 단순한 문제 아니라는 거 우리 다 알고 있다. 아픈 이유도, 갈등과 시련의 양상도 전부 다르다. 위로는 내 의지로 줄 수 없는 거다. 다만 할 수 있는 건 나만 아는 내 이야기를 꺼내는 것. 용기 내서 세상에 들려주는 것뿐이다. 내 경험을 내 언어로 건네는 데까지면 족하다. 그 이후는 철저히 듣는 사람들의 몫으로 맡겨야 한다. 천 명이 들으면 천 개의 다른 반응이 나올 거다. 누구는 눈물 흘리고, 누구는 맨날 똑같은 얘기라며 콧방귀를 뀌고, 누구는 이해는 잘 안 가지만 묘하게 곱씹게 된다며 생각에 잠기겠지. 그건 발신자가 손 쓸 수 없는 영역이다.

○

김하나, 황선우 작가의 에세이 《여자 둘이 살고 있습니다》가 큰 인기를 얻은 것도 비슷한 맥락 아니었을까 추측해 본다. 많은 사람이 그 책을 읽으며 위로받았다고 했다. 나 역시 그랬다. 두 사람이 한집에서 같이 살기로 결정하고, 집을 구하고, 복작거리며 살아가는 동거 생활을 글로 읽으며 어쩐지 큰 힘을 얻었다. 한국 사회에서 결혼하지 않은 여성이 살아가는 모습. 서로를 존중하고 이해하는 각별한 동반자와 함께 충만한 일상을 누리는 모습. 사회가 고집하는 제도와 구도와 구성을 따라가지 않아도, 내가 만족하며 살아가는 데에 크게 문제없다는 걸 책을 통해 새삼 느꼈다. 대다수가 정답이라 말하는 길을 벗어나도 건강하고 풍요로운 일상을 영위할 수 있다는 귀한 레퍼런스가 되어준 셈이다.

만약 그들이 일상의 풍경을 보여주거나 오랫동안 붙들고 있던 현실적인 고민을 들려주는 대신 누군지도 모를 독자에게 이런 하나 마나 한 말을 늘어놨다면? "괜찮아요. 너라면 할 수 있어. 기죽지 말고 어깨 펴요. 내가 안아줄게요." 몇 장 읽다가 책을 덮어버리고, 새까맣게 잊어버렸을 것이다. 작가님들이 뭘 안다고 나한테 이래라저래라 해욧! 이미 충분히 성공하고 돈도 잘 벌고 인맥도 많으니까 그렇게 쉽게 말할 수 있는 거잖아욧! 혼자 부들거렸을지도 모른다. 하지만 김하나, 황선우 작가는 본인들의 살아 있는 이야기를 들려줬고 그 이후의 감정들은 내 몫으로 남겨주었다. 2030 청년으로서, 아직 결혼엔 크게 관심 없는 이성애자 남성으로서 나는 천천히 한 문장씩 읽어 내려가며 유심히 듣고 골똘히 생각했다. 반가웠다. 진심으로 위로받았다.

이렇게 말하긴 했으나 오해하지 않길 바란다. 다 괜찮다는 말, 너라서 소중하다는 말이 위로로 다가오는 사람들, 덕분에 다시 살아갈 힘을 얻는 사람들을 무시하려는 것은 절대 아니다. 선한 마음이 만들어 내는 치유의 힘을 폄훼하려는 것도 아니다. 책의 메시지는 받아들이는 사람의 몫이다. 같은 이야기에도 천차만별로 반응하고 수용하는 게 책이 가진 묘미 아니겠는가. 그저 그게 싫은 사람도 있다는 것만 알아줬으면 좋겠다. 위로받고 감동하는 이들이 있는 만큼 아무 감흥도 못 느끼고 심지어 짜증까지 나는 사람들도 적지 않다는 것을. (슬프게도 나 같은 사람은 소수에 불과하다는 걸 베스트셀러 목록이 증명하고 있다.)

실컷 불평했으니 이제 그에 따른 과제는 내 이야기를 잘 쓰는 것이다. 내 이야기에 적합한 방식을 골라, 내 이야기를 원하는 곳에 알맞게 들려주는 것. 섣불리 위로하려 들지 말고 일단 닥치고 잘 듣기. 때가 되면 내 고유한 경험을 담담하게 꺼내 놓기. 언제 내 이야기를 들려주고, 또 어디까지 들려줄지를 정확하게 파악하고 '낄끼빠빠'하는 게 관건일 테다. 내 말만 늘어놓는 꼰대는 또 되기 싫으니까. 싫은 게 많으면 이렇게 피곤한 법이다.

가게에 한 번 들어가면 좀처럼 욕구를 제어하지 못한다. 소비 욕구를 말하는 게 아니다. 대화 욕구다. 가게 사장님이나 직원분들과 나누는 스몰 토크를 사랑한다. 일상의 소소한 활력이다. 소소하다고 말하기엔 굉장히 큰 부분을 차지하는 것 같지만. 종종 이렇게 묻는 사람들이 있다. 너는 어떻게 그렇게 혼자 잘 돌아다니냐? 내가 생각해도 나는 혼자 놀기라면 도가 튼 사람이다. 산책하고, 밥을 먹고, 카페에 들러 커피를 마신 뒤, 살 것도 아니면서 괜히 편집숍을 기웃댄다. 영화를 보거나 전시를 보는 것도 빼놓을 수 없는 코스. 혼자 있는 상황을 뻘쭘하게 느끼지 않는 성향 덕도 있겠지만 더 중요한 이유는 따로 있다. 혼자 돌아다녀야 자유롭게 사람들과 수다 떨 수 있다. 처음 보는 사장님한테 이런 거 저런 거 물어보기에도, 내가 이 가게를 얼마나 멋있다고 생각하는지 애정을 표현하기에도 혼자가 편하다.

수다스러운 손님을 혐오하는 주인장이 아니라면 웬만해서는 호의적인 반응이다. 여길 어떻게 알고 찾아왔는지, 어떤 부분을 추천해 주고 싶은지, 심지어 어떤 철학과 태도로 이곳을 운영하는지 따위의 심층적인 이야기까지 술술 나온다. 그냥 지나가다 들른 게 아니라 취재 때문에 방문한 거라면… 인터뷰를 가장한 수다 파티를 막지 못한다. 물론 두 팔 벌려 환영이다. 이럴 때 보면 나는 내향인이 아니고 외향인인 거 같은데.

여행지에서는 차원이 다르다. 평소와는 비교도 안 되게 용감해진다. 지나가는 사람을 붙잡아 길을 묻고, 사진을 찍어달라고 요청한다. 이 사람이 지금 나를 흥미롭게 여긴다고 느끼면 자연스럽게 대화를 이어 나간다. 한국인이든 외국인이든 그런 건 상관없다. 소심한 트리플 A형 주제에 어디서 그런 배짱이 나오는지는 모르겠다. 낯선 곳에서 마주치는 사람들에게는 유독 마음이 활짝 열리고 적극적으로 행동하게 된다.

8년 전에는 오스트리아 빈에 갔다. 사회학과 사람들과 함께 떠난, '전공 연수'라고 쓰고 '단체 여행'이라 읽는 한 달여의 시간. 첫 공식 일정을 앞둔 아침, 설렘을 주체하지 못한 나는 꼭두새벽부터 일어나 조식의 여유를 즐긴 다음 부랴부랴 거리로 나갔다. 일정 시작까지 도저히 기다릴 수가 없었으니까. 혼자 돌아다니며 쉼 없이 고개를 돌리고 3초에 한 번씩 셔터를 눌러댔다. 그러다 우연히 마주친 백발의 노신사. 이때다 싶은 나는 휴대폰을 들이민다. "Could you take a picture of me?" 흔쾌히 사진을 찍어준 그와 함께 골목을 걸어 나왔다. 아무도 안 시킨 자기소개를 열심히 쏟아내면서. 저는 한국에서 왔고요. 대학생이고요. 제가 카페를 엄청 좋아하는데 빈에 좋은 카페가 많대서 열심히 다녀보려고요! (찡긋) 이어지는 그의 대답. 나 지금 여기 바로 앞에 단골 카페 가는 길이야. 같이 가자, 커피 사줄게.

그렇게 처음 만난 우리는 커피를 마시며 30분 동안 수다를 떨었다. 되지도 않는 영어로 뭘 그렇게 열심히 경청하고 설명했는지. 내가 생각해도 신기하고 얼떨떨해서 헤어지기 전 같이 사진을 찍었다. 사진을 보내줄 테니 메일 주소를 알려달라는 핑계로. 시간이 흘러 여행 막바지에 다다를 즈음, 우린 한 번 더 같은 카페에서 만나 1시간 넘게 대화를 나눴다. (아쉽게도 이후로는 다시 함께 커피를 마실 일이 없었다. 몇 년간 꾸준히 메일을 주고받으며 소식을 전했지만 얼굴 한 번 보기가 왜 이리 어려운

지. 할아버지, 건강히 잘 지내시나요?)

○

여기까지만 들으면 내향인이고 A형이고 그냥 사람 엄청 좋아하는 파워 인싸 아니냐고 생각할지도 모르겠다. 인싸는 아니지만 인정할 건 인정한다. 낯선 사람과 수다 떠는 거, 많이 좋아한다. 하지만 낯을 가리는 것도 사실이다. 상황마다 사람마다 왜 어떻게 차이를 보이는지는 나도 설명하기 어렵다. 한 번 불편함을 느끼면 끝까지 불편해하고, 이상하리만큼 아무 말도 못 한 채 땀만 뻘뻘 흘릴 때도 있다.

특히 여러 사람이 함께 있는 상황을 못 견딘다. 나는 일 대 일에는 강하지만 일 대 다, 다 대 다에는 지나치게 약하다. 모임 인원이 네 명이 넘어가면, 어우. 그렇게 밖을 좋아하는 나였건만 홈 스위트 홈을 부르짖는다. 얼른 자리를 벗어나고 싶다. 여행지에서도 마찬가지. 내가 묵는 게스트하우스에서 밤에 파티를 연다? 무조건 둘 중 하나다. 일찍 자 버리거나, 거기서 친해진 사람과 따로 나가 밤 산책을 하거나. 혈기 왕성한 청춘들이 한데 모여 왁자지껄 술판을 벌인다니 생각만 해도 진이 빠진다. 벌써 울고 싶다. 늘 생각한 거지만 아무래도 나는 미팅보다는 소개팅이다. (우습게도 둘 다 한 번도 안 해봤다.)

여럿이 모이는 게 싫은 이유는 간단하다. 너무 산만해서. 산만해서 분위기에 집중하기가 어렵다. 지금 누가 어떤 말을 하는지, 이 대화의 흐름이 어디서 어디로 흘러가는지, 그 속에서 나는 어떤 말과 행위로 듣고 참여하고 주도할지를 파악하는 게 내겐 중요하다. 사람이 많으면 많을수록 그 과정에 투입되는 에너지가 기하급수적으로 늘어난다. 치솟는 에너지의 양을 내 역량으로는 도무지 감당할 수가 없다. 지금 앞에 있는 상대에게 집중할 수 있을 때, 우리 둘이 나누는 대화의 맥락이 내 시야에 온전히 들어올 때 나는 비로소 안정감을 느낀다. 여유도 능숙함도 편안함도 생긴다. 다수가 모인 자리에서는 다 힘들다. 불편함 밖에 안 남는다.

더 솔직하게는 결국 눈치 봐야 하는 사람이 많아서일지도. 워낙에 남 눈치를 많이 보는 타입이니까. 일 대 일이라면 앞에 앉은 사람의 눈치만 적절히 살피며 내 페이스대로 끌고 갈 수 있겠지만, 사람이 많으면 많을수록 조절 가능한 범위를 벗어난다. 한 명 한 명의 얘기를 들으면서 동시에 여러 사람의 반응을 살피는 건 지나치게 피곤한 일이다. 굳이 일을 피곤하게 만드는 내가 싫지만 바꾸고 싶다고 바뀌는 부분이 아니니 어쩔 수 없다.

앞으로는 새로운 사람들을 더 많이 만나게 되겠지. 꼭 한 번 이야기해 보고 싶은 사람들이 메모장에 가득하다. 바이러스가 종식되면 해외여행 가서 말이 안 통하는 이국의 사람들도 다양하게 만나고 싶다. 물론 사회생활 하다 보면 보기 싫어도 봐야 하는 사람들이 몇 트럭은 나올 거다. 개중에는 무례한 사람도, 부담스러운 사람도, 정말이지 인류애를 상실하게 만드는 끔찍한 사람도 있을 거다. 생각만 해도 두렵지만 그렇다고 은둔 생활을 할 일은 절대 없다는 데 오백 원을 건다. 한바탕 수다 떨면서 가까워지는 기분을 포기하지 못할 것 같다. 내성적이든 외향적이든 내가 어느 쪽에 속하는지는 알 바 아니다. 새로운 사람 만나는 게 삶의 큰 동력이라는 건 자명한 사실이니까. 그래도 이왕이면 우리 따로 봤으면 좋겠다. 시끄럽지 않고 편안한 장소에서. 일대일로 만나요, 제발.

모자, 포기하지 않을 거예요

좋아하는 일을 능숙하게 잘 해내지 못하는 것만큼 괴로운
게 있을까? 있다. 좋아하는 패션 스타일이 나랑은 영 어울리
지 않는 거. 남들 보면서 멋있다 멋있다 감탄을 뱉다가 큰맘
먹고 도전했는데 도저히 나랑 맞지 않은 옷일 때 말이다. 서글
픈 이상과 현실의 괴리. 이토록 가여운 짝사랑이여. 내 마음을
애태우는 대표적인 주범은 모자다. 나는 모자가 안 어울려도
너무 안 어울리는 사람이다. 좋아하는 마음 같은 건 아무짝에
도 쓸모가 없을 정도로.

모자는 한껏 신경 쓴 패션에 화룡점정이 되어줄 근사한 아
이템이다. 동시에 딱히 공을 들이지 않은 후줄근한 옷차림을

'캐주얼', '스포티', '꾸안꾸' 따위의 이미지로 탈바꿈시켜줄 요긴한 아이템이기도 하다. 그래서 억울하다. 꾸미기는 귀찮은데, 없어 보이기는 싫을 때 자신만만하게 꺼내 들 만한 비장의 카드가 내겐 없다. 멋있어 보이고는 싶은데 너무 멀리 간 것처럼 느껴지고 싶지 않을 때 찾을 만한 지원군을 잃어버렸다. 거짓말이다. 처음부터 없었다고 해야 맞다. 박탈감이 상당하다.

뾰족한 원인은 알 수 없다. 어느 하나가 문제인 게 아니라 총체적 난국이다. 일단 두상이 글러 먹었다. 보고만 있어도 만지고 싶을 정도로 고르게 둥글기는 개뿔, 보고만 있어도 안쓰러워질 만큼 어정쩡하게 넙데데하다. 뒤통수는 절벽처럼 뚝 떨어지는 데다가, 튀어나온 광대뼈는 모자를 쓸 때 유독 자기주장에 더 열심이다. 이목구비는 흐릿한데 눈썹은 또 진하고, 거기에 안경까지 쓰니 만약 여기에 모자를 얹었다가는 내 얼굴에 숨 쉴 곳이라고는 찾아볼 수 없는 지경에 이를 것이다. 답답한 인상은 좀처럼 신뢰감을 주지 못한다. 내가 뭘 잘못했길래 신뢰까지 잃어야 하는지 모르겠다. 뭐만 하면 '패완얼'이란 말을 들이대며 신세 한탄하는 사람들이 있지 않나. 나는 그들을 별로 좋아하지 않지만, 모자만 쓰면 나도 모르게 앵무새가 된다. "모완얼… 모완얼…"

무난한 볼캡이나 스냅백이 아닌, 다른 종류의 모자도 시도해봤다. 비니를 써봤다. 스님이냐는 소리를 들었다. 당시 나는 교회에서 운영하는 학사에 거주하고 있었다. 한창 어디 아프냐, 몸은 좀 괜찮냐는 얘기를 들었던 시절이 있는데 만약 그때 비니를 쓰고 다녔더라면…. 베레모를 써 보기도 했다. 논산훈련소에서 한 달간 착용한 게 전부지만 하나를 보면 열을 알 수 있는 법이다. 어차피 육군 마크를 떼어내고 색깔만 바꾸면 시중에 나오는 브랜드 제품들과 큰 차이 없으니까. 내 모습도 훈련소 안에서와 큰 차이가 없을 것 같아 다시는 베레모에 손도 대지 않았다. 이쯤 되면 버킷햇이나 헌팅캡, 뉴스보이캡 등에 도전하는 건 열정이 아니라 객기임에 모두가 동의할 테다. 주제 파악이 빠른 나는 다행히도 갖고 있는 모자가 하나밖에 없다. 멋쟁이 J가 생일 선물로 사준 기본적인 디자인의 스투시 볼캡. 그마저도 머리를 안 감는 날에만 손이 간다.

더 억울한 건 머리털까지 속을 썩인다는 거. 단언컨대 나는 태어나서 단 하루도 머리가 마음에 들었던 날이 없다. 아무리 열심히 매만져도 상상과 현실은 다르다. 물론 상상이 좀 지나친 건 인정한다. 사실 나는 주제 파악을 못 하는 편이다. 그렇지만 인간적으로, 아니 현실적으로 돈과 시간과 에너지를 쓰는 만큼은 나와줘야 할 거 아닌가. 3주에 한 번씩 불광동에서 성수동 미용실까지 넘어가 커트를 한다. 매일 아침 머리를 감고 드라이 10분, 왁스 손질 10분, 스프레이로 마무리. 조금이라도 더 멋있어질까 이따금 관련 유튜브를 찾아보는 것까지. 웬만한 남자들보다 머리에 신경 많이 쓴다고 확신한다. 문제는 웬만한 남자들보다 별로인 결과물이 나온다는 거다. '하면 된다'고들 말하지만 '해도 안 되는 게 있다'는 가장 확실한 근거가 내 머리다. 중력을 거스르며 하늘로 치솟은 파워 직모의 존재감은 미용사분들도 혀를 내두를 정도. 자라는 속도는 또 얼마나 빠른지 3mm 바리깡으로 옆머리를 밀어놔도 2주 정도면 거슬릴 정도로 튀어나온다. 분명 3주 전에 자기 손으로 잘라 놓고 어디서 거짓말하냐, 두 달은 지나지 않았냐고 당황해하는 모습을 보는 건 내게 익숙하다. 과연, 모자를 써야만 하는 운명인 것이다.

○

지나치게 가혹한 운명이지만 언젠가 모자를 쓰지 않고는 밖에 나가지 못할 날을 대비해서라도 차근차근 모자 데이터를 쌓아두려 한다. 머리는 언제 어떻게 빠질지 모른다. 숱 많다는 소리를 삼천 번은 넘게 들어왔지만 방심할 수 없다. 탈모는 유전이라고 하는데… 아빠가 탈모다. 한 세대를 건너뛰어서 내려오니 걱정하지 말라고 하는데… 할아버지도 탈모다. 더 이상 물러설 곳 없는 내가 할 수 있는 거라곤 숙명을 담담히 받아들이는 것뿐이다. 피하지도 못하고 그렇다고 즐기지도 못할 거라면 그냥 닥치고 하는 수밖에. (참고로 두 분 다 원형 탈모다. M자 탈모가 아니라는 사실에 안도해야 할까.)

훗날 대머리의 신이 나를 부르는 소리가 들려올 테고, 그때부터 부랴부랴 모자의 세계에 입문하려 하면 분명 녹록지 않은 과정을 겪게 될 것 같다. 미리 준비해서 나쁠 것은 없다. 조급함 없이, 다 예상했다는 듯 덤덤하게 맞이하고 싶다. 색깔별로 소재별로 잘 정리된 모자 컬렉션과 함께라면 두려울 게 없겠지. 지금 어딘가에서 웅성거리는 소리가 들리는 것 같은데 오해는 없었으면 한다. 대머리는 이상한 거 아니고 부끄러운 거 절대 아니다. 빡빡 밀었을 때 멋있는 사람도 엄청 많다. 다만 내가 내 머리통에 허용할 수 없다는 거다. 빡빡이로 살아갈 자신이 없다. 모자 쓴 모습은 정말 못 봐주겠지만 민머리보다는 근소하게 우세할 거라는 애잔한 판단을 이해해 주십시오. 뭐라도 덮어야 최소한의 자신감이 남을 것 같습니다.

최근에 눈에 들어온 모자 하나가 있다. 검은색 바탕에 흰색 글씨로 'The 40-Year-Old Skater'라고 새겨진 귀여운 볼캡.

단골 카페 사장님이 쓰신 걸 보고 혹해서 장바구니에 담아놨다. 나름의 시행착오를 겪으며 깨달은 사실 하나는 모자의 폭이 깊어야 한다는 거. 보기보다 대두인지라 모자의 전체적인 크기나 옆 둘레도 커야 하지만 무엇보다 위아래로 충분한 여유가 있어야 한다. 나로서는 대단한 발견이다. 가격이 비싸서 망설이고 있지만 조만간 매장에 들러 시착해 보고 결정하려 한다. 꼭 성공하기를 바란다. 그래야 포기하지 않을 테니까. 모자 데이터는 쌓기는 이제부터 시작이다.

헤비 인스타그래머에게 남아 있는 한 줌의 진정성

작년에만 해도 요원해 보였다. 인스타그램 팔로워 수가 팔로잉 수를 넘어서는 일. 즉 나를 구독하는 사람이, 내가 구독하는 사람보다 많아지는 것이다. 인스타그램에 접속하는 패턴은 항상 비슷하다. 카메라 비스무리하게 생긴 앱을 클릭한다. 곧바로 맨 오른쪽에 내 사진을 눌러 프로필을 확인한다. 그리고 한숨. 어휴, 아직 멀었네. 물론 유저들 대부분이 팔로잉보다는 팔로워를 더 많이 갖고 있을 것이다. 연예인이나 국가대표 운동선수, 인플루언서가 아니라면. 하지만 나는 그 대부분에 속하기가 싫었다. 인플루언서가 되고 싶었다. 관심받고 싶으니까. 연예인이나 운동선수만큼은 아니지만 알 만한 사람들은 다 아는, '그럴듯하고 있어 보이는' 사람들은 인정해 주는 부류. 있어 보이고 싶은 욕망으로 똘똘 뭉친 인스타그래 머에게 팔로워보다 팔로잉 수가 훨씬 많다는 사실은 지울 수 없는 씁쓸함을 줬다.

그래도 10년이면 강산이 변한다고 인스타 인생 장장 7년 만에 통쾌한 역전에 성공한다. 부단한 노력 덕분이다. 게시물 의 양을 늘리고, 마지막 자존심이라며 타협하지 않던 해시태 그를 덕지덕지 달고, 멋진 공간에 다녀온 사진을 올릴 때마다 위치 태그를 넣는 것도 잊지 않았다. 유심히 지켜보던 '그럴듯 하고 있어 보이는' 사람들과 그들을 팔로워를 파도 타듯 건너 다니며 내 미약한 존재감을 어필했다. 신도 감동한 것일까? 지금은 나를 팔로우하는 사람이 내가 팔로우하는 사람보다 (아주 조금) 많다.

감격하기는 이르다. 훨씬 더 어렵고 성가신 문제가 있기 때 문이다. 바로 게시물 수. 나는 팔로워 수보다 게시물 수가 압 도적으로 많다. 들어와 보시면 안다. 게시물 > 팔로워 > 팔로 잉 순서다. 이게 의미하는 바가 뭘까? 나는 인스타그램계의 박찬호다. 나를 지켜보는 사람들의 수보다 훨씬 더 많은 양의 이야기를 쏟아내는 사람. 들어주는 사람도 별로 없는데 혼자 서 북 치고 장구 치고 만담에 강연에 속마음 인터뷰까지 논스

톱으로 달리는 투 머치 토커라는 뜻. 그리고 우리는 그런 사람을 편하게 '관종'이라 부르기로 했다. 돌아보면 '관종짓' 한 번 유난스럽게 해왔다. 저 이런 거 좋아해요. 저 오늘 이거 먹었어요. 어디로 여행 다녀왔답니다. 아까는 이런 일을 겪었는데 너무 속상해요. 내가 찍은 사진을 올리고, 내 얼굴 사진도 올리고, 내 감정과 취향과 주장도 거침없이 업로드한다. 아무것도 올리지 않는 날에는 괜히 휴대폰 사진첩을 뒤적였다. 어떻게든 나를 더 세상에 뿌리고 싶었으니까. 그게 별 효과가 없다는 사실이 부끄러웠다.

다시 말하지만 난 인플루언서가 되고 싶었다. 내가 그리는 인플루언서의 모습은 박찬호와는 다르다. 가령 이런 풍경. 주변엔 이미 나를 지켜보는 수많은 사람들로 바글바글하다. 난 그들을 크게 의식하지 않은 채 무심한 표정으로 툭, 툭 하나씩 던져준다. 오늘 내 옷차림. 초청받아 다녀온 브랜드 론칭 행사. 공들여 작업한 새로운 프로젝트. 오직 마음의 소리를 따라 담담하게 적어 내려간 사색의 기록…. 그러면 갑자기 사람들이 우르르 달려 나와 호들갑 섞인 반응을 쏟아내는 거다. 와, 너무 멋져요. 진짜 예뻐요. 깊이 공감합니다. 폭발하는 좋아요 수와 댓글들 사이로 시선을 즐기며 유유히 빠져나가는 우아한 나의 자태. 그러나 현실의 나는 고고하게 런웨이를 걷는 것

보단 발에 땀나게 뛰어다니며 영업하는 꼴에 가깝다. 허구한 날 내 얘기를 늘어놓는데 팔로워가 적으니 당연히 좋아요 수와 댓글도 적다. 그렇다고 장문의 다이렉트 메시지를 보내주는 분들이 있는 것도 아니다. 체력은 체력대로 고갈되는데 실적마저 좋지 않은 난처한 상황. 인스타그램이라는 휘황찬란한 공간 안에서 지나치게 멋진 세계, 따라 하고 싶은 그림과 나는 거리가 멀어도 한참 멀다. 그 아찔한 간극이 왜 이렇게 속상하던지.

속상해도 안 되는 건 안 되는 법. 팔로워 수가 가파르게 상승하는 것도, 게시물 수를 급격하게 정체시키는 것도. 앞으로도 인스타그램을 탈퇴하지 않는 이상 쉽지 않을 거다. 그런데도 난 왜 이렇게 공개적인 플랫폼에 내 이야기를 주절거리고 내 존재를 드러내고 싶어 안달인 걸까? 일단 타고난 관종이라 그렇다. 아닌 척하지만 나는 주목받는 걸 정말 좋아하고, 그 순간의 시선 하나하나를 의식한다. 또 내 이야기를 발산하는 것뿐만 아니라 그 이야기를 소재로 다양한 사람과 교류하고 교감할 때 즐거움을 느낀다. 대화는 내 모든 생산 활동의 원동력이다. 무엇보다 중요한 건, SNS엔 그 흔적이 남는다는 거. 남들 다 보는 곳에 나의 사적인 역사가 고스란히 기록된다. 그 역사를 거슬러 올라가는 재미는 해본 사람만 안다. 심심할 때마다 내 프로필을 들춰본다. 1천 개 넘게 포스팅했음에도 몇 년 전 게시물까지 도달하는 데는 금방이다. 보고 또 봐도 재밌다. 이때 여기서 즐거웠다며 추억을 곱씹고, 내가 이런 생각도 했구나 싶어 괜히 뿌듯해지기도 하고. 시각과 취향의 변화를 발견할 때면 익숙했던 것들이 달리 보인다. 그래서 사실 잘 이해되지 않는 게 하나 있다. 그간의 게시물을 모두 삭제해 피드를 정리하는 분들 말이다. 옛날에 올린 흑역사들을 지우고 새로 시작하겠다는 마음이겠지? 혹은 그냥 깔끔한 피드를 보고 싶어 주기적으로 지우는 걸지도 모르지만. 어느 쪽이든 난 절대 안 한다. 귀찮은 것도 있다. 사진이 얼마나 많은데 그걸 어느 세월에 지우고 앉아 있어. 혹시나 전체 삭제 기능이 생긴다고 해도 소용없다. 내 일상의 소소한 낙을 잃어버리기 싫다. 나의 뭉클하고 찌질하고 흐뭇하고 같잖은 8년간의 기록, 죽어도 못 보내. (고이 보내드린 게시물도 있다. 이건 정말 눈 뜨고 못 봐주겠다 싶은 것들.)

○

인스타그램을 붙들고 있다 보면 한 가지 함정에 빠지기 쉽다. '내가 보는 게 곧 나다'라는 착각이다. 맘에 드는 게시물을

'저장'하면 언제든지 다시 꺼내볼 수 있다. 이 유용한 기능이 착각을 극대화한다. 네모난 화면을 채우는 삐까뻔쩍한 것들, 내 안목으로 골라 폴더까지 만들어 저장해 둔 멋진 존재들이 꼭 나라는 사람을 대변해 주는 것 같다. 사실 그냥 눈으로 보고 좋다고 느꼈을 뿐이지, 그게 나를 증명하지는 않는데. 폴더 속 게시물들과 나 사이의 격차 때문에 이따금 공허해졌다. 어쩌면 그때마다 나는 업로드를 해왔던 것일까? 내가 간 곳, 내가 먹은 것, 내가 느낀 생각, 내 시선으로 찍은 사진을 올리는 게 그나마 '진정성'있는 태도가 아닐까 하는 쓸데없이 절박한 마음으로.

당연히 현실의 나와 편집된 세계의 나는 다르다. SNS는 내가 보여주고 싶은 모습들만 골라 진열하는 공간 아닌가. 아무리 내 이야기를 담아 게시물을 올린다고 해도 그게 나를 온전히 설명한다고 할 순 없지. 하지만 다른 사람, 다른 유명인, 다른 브랜드가 송출하는 무언가를 그대로 소비하는 데 그치는 것보다야 훨씬 나와 가까울 것이다. 직접 찍은 사진과 직접 쓴 글이 변화하고 확장하며 그려온 궤적은 나의 특정 부분을 효과적으로 보여줄 수 있는 재료일 테니. 희박한 진정성을 숨기기 위해, 도리어 진정성이란 수사가 지나치게 많이 사용되는 SNS 세계. 그나마 진정성의 언저리라도 가닿을 수 있는 행위란 이런 것일지도 모른다. 찍고 싶으면 찍는다. 하고 싶은 말을 한다. 지속적으로 업로드 버튼을 누른다. 그래서 난 그렇게 해왔다. 압도적인 게시물 수가 이를 증명한다.

앞으로도 열심히 포스팅할 생각이다. 매일 하나씩은 하고 싶은데 게을러서 잘 되려나 모르겠다. 하지만 관종은 쉽게 기죽지 않는다. 쉽게 지치지도 않는다. 내가 보여주고 싶은 거, 들려주고 싶은 거, 나누고 싶은 거 더 신바람 나서 업로드해야지. 내 게시물이 타인을 소외시키고 배제하지만 않는다면, 의도와 상관없이 보는 누군가를 주눅 들게 만들지만 않는다면. 재밌게 할 거다. 난 인플루언서는 못 되어도 헤비 인스타그래머 정도는 되니까. 누구도 즐기는 자를 이기지 못하는 법이다.

나와 너의 유일무이한 대화

책을 잘 안 읽는다. 근데 글은 많이 읽는다. 이게 뭔 소리냐고? 온종일 붙잡고 있는 스마트폰과 노트북, 네모난 화면을 통해 나는 쉬지 않고 읽는다. 읽은 활자 자체만 세어 본다면 '다독가'라는 타이틀을 붙여도 무방하다(고 조심스럽게 생각한다). 인스타그램과 페이스북 피드에 쏟아져 나오는 여러 종류의 단상, 브런치 메인에 뜬 에세이, 그보다는 조금 더 긴 호흡의 신문 기사나 잡지 칼럼, 구독 중인 서비스의 비즈니스 아티클까지. 참 다양하게 읽고 있지만 그중에서도 가장 많이 읽는 글은 인터뷰다. 잡지든 신문이든 SNS든 매체는 상관없다. 나는 인터뷰 읽는 시간을 사랑한다.

인터뷰어와 인터뷰이의 대화를 따라가는 즐거움. 에세이나 칼럼이나 정보성 기사와는 또 다른 인터뷰만의 매력이다. 혼자 일방적으로 논지를 전개하지 않는다. 자기 경험과 감상을 한 호흡으로 쭉 풀어놓는 것도 아니다. 대신 인터뷰어는 질문을 던지고, 인터뷰이는 답변을 건넨다. 마주 앉은 두 사람이 서로를 바라보며 교감한다. 그 순간이, 그때의 공기와 감정이 인터뷰를 읽는 나에게까지 고스란히 전해진다.

문학평론가 신형철의 산문은 어떤 시보다도 아름답다. 그의 산문집《느낌의 공동체》와《슬픔을 공부하는 슬픔》을 처음 읽었을 때의 감정은 아직도 생생하다. 충격적이었다. 시도 아니고 소설도 아닌데 이렇게 문장이 유려하고 아름다울 수가 있나.

한참 뒤 그가 2018년에 '채널예스'와 진행한 인터뷰를 읽고 나서 그의 언어에 한 번 더 반해 버렸다. 자기 글을 쓸 때와는 또 다른 힘이 있었으니까. 주어진 질문에 더 정확히, 더 섬세하게 대답하려는 의지와 능력이 엿보였다. 불현듯 솟아난 이야기가 아니라, 내 앞에 질문이 도착하면서부터 피어나기 시작하는 이야기. 그걸 골똘히 굴리며 곱씹다가 신중하게 한 글자씩 뱉어낸 것만 같은 대답이었다. 질문과 대답이 서로 주고, 또 받고, 그렇게 핑퐁. 새로운 길을 만들며 흘러가는 대화를 나는 숨죽인 채 따라갔다. 무엇보다 그에게서 나는 태도를 배웠다. 함께 대화하는 이를 향한 존중과 경청을. 더 정확하게 이해하기 위해 숨을 고르고 단어를 다듬으려는 노력을. 인터뷰를 다 읽고 나서, 가만히 앉아 생각했다. 나는 다른 사람과 대화할 때 정말 잘 듣고 있나? 잘 질문하고, 잘 대답하고 있나?

나는 편견이 많은 사람이다. 안 그러려고 하는데 그게 맘처럼 안 된다. 홍상수 감독의 〈잘 알지도 못하면서〉라는 영화를 보는 두 시간 내내 마음에 찔렸던 기억이 있는데, 몇 년이 지난 지금도 비슷하다. 겉모습으로, 사회적 위치로, 직업과 사는 곳과 취향과 소비하는 것들로 그 사람을 판단하는 경향이 여전히 남아 있다. 그래서 나는 인터뷰를 더 많이 읽어야 한다. 관심도 없었던 사람을 인터뷰이라는 명분 아래 내 앞으로 데려와, 기어이 그의 이야기를 듣게 만드니까. 질문을 듣고 고심해서 대답한 내용 속에 그 사람의 관점과 취향과 경험 같은 게 드러난다. 몰랐는데, 들으려고 하지 않았는데, 내가 지레짐작하고 멋대로 단정했던 저 사람에게도 어떤 진실이 살아 숨 쉰다는 걸 뒤늦게 깨닫는다. 실체 없던 이미지는 사라지고 생생하게 오가는 대화가 남는다.

인터뷰를 읽고 나면 그 사람과 한층 가까워지는 기분이다.

어쩌면 우리가 친구가 될 수도 있을 것 같다. 이제는 알기 때문에. 조금 더 이해할 수 있어서. 동의하고 공감할 수는 없어도 인정할 수는 있다. 받아들일 수 있다.

○

알고 이해하는 대상에는 나도 포함된다. 인터뷰이의 이야기를 들으며 그의 삶이 품은 복잡한 맥락을 이해하는 과정은, 실은 나를 만나는 과정이기도 하다. 내 고민이 겹쳐 들리고 내 일상이 겹쳐 보이다 보면 어느새 불쑥, 위안이 되는 한마디를 만난다. 2년 전 읽은 방송인 송은이의 〈씨네21〉 인터뷰도 정말 불쑥 찾아온 위로였다.

Q. 저도 직업상 다른 사람의 장점을 자주 찾아요. 하지만 타인의 장점은 내게 필요한 만큼만 보다가 멈추기 마련인데 송은이 씨는 끝까지 남의 매력을 파고들어 어디다 어떻게 쓸지까지 끝장을 보시는 것 같아요. 보통 자신 외에는 그렇게 들여다보기 어려울 텐데요. (⋯)

A. (⋯) 저도 예능 시작했을 때는 일등하고 싶은 시절이 있었

어요. 그런데 상당히 일찍 숙이처럼 웃기는 재능보다 옆에서 웃기게 해주는 쪽에 더 재주가 있다는 사실을 알았어요. 처음 깨달았을 때는 속상하기도 했어요. 이것도 재능인가. 그러다가 내가 토스해 준 멘트로 웃겼으니 저애가 나한테 고마운 마음을 가질까? 고마워 해줬으면 좋겠다 하는 시기가 잠시 있었고요. (웃음) 시간이 더 흐르니 그 자체가 즐거워지는 경지가 됐어요. 교회에 다니기 시작한 시점과 맞물린 변화예요. 주제 파악을 정확히 했고 다른 사람의 장점을 찾아 웃기게 만드는 일이 더 재미있고 가치 있다고 여기게 됐어요. 사람을 적당히 보지 않고 끝까지 사랑하는 게 뭔지 생각해요. 하하, 임상실험을 하는 거죠. 실험당하는 걸 그들이 모르죠. (웃음)

창의적인 재능과 세련된 감각을 마음껏 펼쳐 보이는 이들에 대한 열등감은 나에게도 있었다. 그들만의 그 고고한 세계에 진입하기엔 능력도 용기도 돈도 없어 그저 조급하기만 했던 내게, 송은이가 말해주었다. 나도 1등이 아니라서 속상하고 억울했다고. 근데 그걸 나에 대한 냉정한 주제 파악으로, 1등들을 향한 끈질긴 사랑으로 버텨나갔다고. 넌 무엇으로 네 상처를 달랠 거냐고 말이다.

나에게 가장 필요한 말이 거기 있었다. 송은이의 답변이 나에겐 새로운 질문으로 돌아왔다. 아마 많은 사람이 비슷한 마음으로 인터뷰를 읽을 것이다. 질문 한 줄에, 답변 한마디에, 지금 가장 굳게 붙잡고 싶은 동아줄이 숨어 있을지도 모른다.

엄지원 기자는 "타자의 타자성"을 깨고, 질문하는 존재가 대답하는 존재의 유일무이한 의미를 다시 쓰는 과정이 바로 '인터뷰'라고 했다. 나와는 일면식도 없는 어느 두 사람이 한날한시에 만나 세상에 없는 유일무이한 대화를 나눈다. 방구석에 누워 휴대폰과 컴퓨터를 보는 나는 그 대화를 읽는 동안 타인을 발견하고 나를 돌아본다. 때로는 대화의 묘미에 흠뻑 빠져들다가, 문득 오래 묵은 고민의 해답을 얻는다. 그러니까 인터뷰를 읽는 일은 내 삶에도 유일무이한 의미를 다시 써보려는 노력이다. 조금이라도 더 잘 살아보겠다는 나의 즐거운 수고다.

인터뷰 제안이 들어오면 마다하지 않을 거다. 인터뷰를 읽는 것도 재밌는데 직접 인터뷰이로 참여하는 건 또 얼마나 색다를까. 누가 해줄지나 모르겠지만 혹시라도 관심 있으면 연락해 주면 좋겠다…. 나를 어떻게 생각할지, 무슨 질문을 던질지 너무 궁금하다. 나는 또 거기에 어떤 대답을 돌려줄 수 있을지 기대된다. 자신 있다. 원하는 대답, 예상 못 한 대답 유창

하게 뱉어보겠습니다. 혹시 또 모른다. 불 꺼진 방구석에 누워

내 인터뷰 읽다가 눈물 콧물 다 빼는 사람이 생길지도.

—

송은이 인터뷰: 작당모의의 명인, 〈씨네21〉,
2020년 11월.

떠나지 않고도 여행하는 법

2020년 새해, 여권을 재발급받았다. 스무 살 때 발급받은 여권의 기한이 만료됐기 때문이다. 연장 가능한 기간마저 놓쳐 비싼 돈을 주고 재발급을 받았다. 사실 만료된 지는 한참 지났다. 그간 쓸 일이 없었다. 해외로 나가고 싶은 마음이야 굴뚝 같지만 주머니 사정이 따라주질 않았으니까. 미루고 미루다 올해는 진짜 어디 가까운 데라도 한 번 다녀오자는 생각에 여권부터 신청했다. 말끔한 새 여권을 받자 벌써 공항으로 달려가고 싶어졌다. 돈 모아서 일본에 다녀오자. 도쿄를 갈까, 교토를 갈까? 벚꽃 피는 봄에 가야 하나? 돈을 좀 더 모아서 선선한 가을에 다녀오면 좋겠지? 맛있는 것도 많이 먹고 인생

사진도 건져 오자 다짐하며 마음이 부풀었다. 그땐 몰랐다. 며칠 뒤 지독한 한 바이러스가 세상을 뒤덮으리란 걸. 몇 달이면 끝날 줄 알았던 코로나 대유행은 두 해를 훌쩍 넘겨 여기까지 왔다. 갱신한 여권으로 이렇게 허무하게 시간이 증발할 줄 누가 알았나.

이 억울함은 나만 느끼는 것이 아니었다. 예약해 둔 여행 일정을 눈물 삼키며 취소한 사람도, 오랫동안 준비해온 계획에 차질이 생긴 사람도 수두룩하게 많다. 험난한 현생을 꾸역꾸역 버티며 휴가 시즌에 떠날 여행만을 기다린 이들의 마음을 누가 위로할 수 있을까. 일상을 벗어나 낯선 풍경을 누빌 때에만 얻을 수 있는, 짜릿한 기쁨이 사라졌다. 언제 다시 자유롭게 해외로 나갈 수 있는지 또렷한 희망도, 기대도 가질 수 없다. 그 아쉬움과 막막함 때문에 나는 당장 뭐라도 하지 않으면 안 될 것 같았다. 그래서 소소한 방법들을 찾아내기 시작했다. 진짜 떠나지 못한다면 떠난 기분이라도 낼 수 있는 방법을.

○

평소 가보고 싶었던 도시는 무척 많았다. 그 도시에 가서 해보고 싶었던 건 더 많다. 과몰입이 주특기인 나는 여행지에서의 기분 좋은 상황을 상상하고, 그에 관련된 로망을 품는 고질병이 있다. 여행 버킷리스트 같은 걸 만드는 거다. 그걸 지금 여기서 할 수 있는 일들로 먼저 채워보기로 했다. 일명 꿩 대신 닭 작전. 당장 떠나지 못해 답답하고 속상한 나를 달래줌과 동시에 훗날 진짜로 가게 될 여행의 설렘과 기대를 증폭시키기 위한 나름의 처방전이다. 간접경험과 대리 만족으로 내 기분을 (일시적이나마) 즐겁게 만들어주는 것.

이를테면 뉴욕이 가고 싶을 때. 제일 가고 싶은 도시 한 곳만 꼽으라면 나는 고민도 안 하고 뉴욕을 택하겠다. 세계에서 가장 화려하고, 가장 치열하고, 가장 자유로운 도시. 월스트리트의 분주함과 센트럴파크의 여유와 부시윅의 창조적인 에너지가 공존하는 곳. 〈나 홀로 집에 2〉, 〈해리가 샐리를 만났을 때〉, 〈스파이더맨〉과 〈프란시스 하〉 등 수많은 영화의 배경이 된 바로 그 뉴욕 말이다. 뉴욕 가서 하고 싶은 건 너무 많지만 일단 가장 먼저 해야 할 일은 아무래도 베이글을 먹는 것 아닐까. 뉴요커 하면 가장 먼저 떠오르는 음식은 베이글, 가장 쉽게 먹을 수 있는 것도 베이글일 테니까. 가끔 상상한다. 바쁜 업무 중 잠깐의 점심시간, 일하는 건물을 뒤로한 채 센트럴파크로 걸어 나와 베이글과 커피를 먹는 내 모습. 쏟아지는 햇살을 맞으며 산책하는 공원의 사람들을 여유롭게 구경한다. 아,

그 풍경 속 나는 정말 뉴요커처럼 보일지도 모른다.

물론 뉴요커고 나발이고 지금 당장 뉴욕에 갈 수는 없으니 대신 나는 서울에서 뉴욕 정통 베이글을 파는 가게를 찾는다. 연희동에 자리한 '에브리띵 베이글'은 뉴욕의 풍경과 문화를 사랑하는 두 사람이 고향에 오픈한 뉴욕 정통 베이글 가게다. 사실 베이글이 다 거기서 거기지 싶었는데, 알고 보니 뉴욕 정통 베이글은 밀가루와 몰트 시럽, 이스트, 소금과 물을 제외한 다른 재료는 일절 넣지 않는다고 한다. 또한 다른 지역의 제조 과정과 뚜렷하게 구별되는 차이점이 하나 있는데, 바로 베이킹에 들어가기 전 베이글 생지를 데치는 과정이다. 그 과정 덕분인지 베이글에서 훨씬 더 쫄깃하고 담백한 맛을 느낄 수 있다. 아직 한 번도 맛본 적 없지만 왠지 벌써 친숙하게 느껴지는, 바다 건너 뉴우-욕의 맛. 다양한 메뉴 구성도 뉴욕 현지에서 맛볼 수 있는 것들로 꾸린다고 하니, 뉴욕에 대한 향수가 있는 분들에게 이곳 베이글은 끌리지 않을 도리가 없다. 비록 난 포장해 집에 가져와서 먹었지만, 마음만큼은 맨해튼의 워싱턴 스퀘어 파크나 브라이언트 파크에 가 있는 기분이었다.

프랑스 파리도 꼭 가보고 싶다. 헤밍웨이가 말했던가. "파리는 날마다 축제"라고. 예술과 패션과 미식의 도시. 자유와 낭만이 살아 숨 쉬는, 세계에서 가장 사랑스러운 도시. 루브르

박물관의 우아함과 몽마르트르 언덕의 낭만과 마레 지구의 힙스터 기운이 함께하는 곳. 예술적 영감으로 가득한 도시인 만큼 파리에 가면 개성 넘치는 서점들을 온종일 구경하고 싶다. 빼곡히 채워진 서가 사이를 거닐며 읽지도 못할 책들을 괜히 들춰보고, 오래된 책들에서 나는 종이 냄새를 느끼고, 단골손님으로 보이는 듯한 파리지앵들의 스타일을 구경하며 시간을 보내야지.

물론 역시 파리지앵이고 나발이고 파리에 갈 수 없는 나는 서촌으로 향한다. 서촌에 가면 파리 마레 지구에서 오랜 시간 힙스터들의 사랑을 받아온 서점 '오에프알'의 서울 분점이 있다. 감각적인 비주얼 콘텐츠를 좋아하는 이들이라면 반할 수밖에 없는 공간이다. 쉽게 찾아보기 힘든 희귀한 해외 서적들이 종류를 막론하고 펼쳐져 있다. '032c'나 'DOCUMENT' 같은 잡지부터 '샤넬', '마크 제이콥스' 등의 럭셔리 브랜드 아카이브 북, 각종 사진집과 자체적으로 출판한 여행책 시리즈까지 동시대의 독창적인 서적들을 꼼꼼히 선별해 소개한다. 파리 특유의 에너지를 품은 서점을 경복궁과 돌담길이 있는 고즈넉한 동네에서 만날 수 있다니. 그 묘한 이질감을 즐기며 아트북을 뒤적거리고 오에프알 로고가 쓰인 에코백을 어깨에 들쳐 메고 있으면 파리지앵 감성이 내 옆구리에 찰싹 붙어 있는 것처럼 느껴질 거다.

○

  그 밖에도 여행의 기분을 내는 방법은 다양하다. 태국 방콕
의 야시장에서 누들이나 똠얌 같은 음식을 먹는 상상이 깊어
질 때면 넷플릭스 오리지널 다큐멘터리 '길 위의 셰프' 시리즈
목록을 뒤적거린다. 방콕 편에서는 길거리 음식의 레전드 셰
프 '쩨파이'의 이야기를 중심으로 방콕의 길거리 음식 문화와
풍경을 감각적인 연출을 통해 보여준다. 일본의 대자연 속에
서 한적한 시간을 보내고 싶은 마음이 샘솟을 때면 캠핑 유튜
버 'morinone'의 영상을 튼다. 후지가와치 계곡이나 이케야
마 수원지 등의 압도적인 풍광 속에서 정성스럽게 커피를 내
리고 불을 피우고 밤하늘을 바라보는 모습이 한 편의 영화처
럼 펼쳐진다.
  물론 이 방법들을 실천하다 보면 여행을 떠날 수 없다는 현
실만 더 뚜렷해져 슬퍼질 수 있다. 서울 안에서만, 화면 앞에
앉아서만 경험하는 것들은 직접 비행기 타고 건너가 겪는 것
과는 차원이 다를 테니까. 그렇지만 어차피 갈 수 없는 거, 그
냥 미리 시뮬레이션을 좀 돌려본다고 생각하련다. 시합에 들

어가기 전 혼자서 쉐도우 복싱하는 복서처럼 나는 연습 중인 셈이다. 실제로 뉴욕과 파리에 갔을 때 더 잘 감격할 수 있도록. "내가 작년에는 이 베이글을 연희동에서 먹고 있었다고, 엉엉" 눈물지으며 꿈 같은 여행의 순간을 더 잘 만끽할 수 있도록 말이다. 준비는 철저할수록 좋은 법. 다음에는 아이슬란드 여행의 시뮬레이션 전략을 찾아봐야겠다.

김정현, '하루만에 ○○ 여행하는 법', 〈디에디트the-edit〉.

나다운 게 뭔데

1판 1쇄 인쇄 2022년 9월 14일
1판 1쇄 발행 2022년 9월 26일

지은이 김정현

발행인 양원석 **편집장** 박나미 **책임편집** 이정미
디자인 남미현, 김미선 **영업마케팅** 조아라, 이지원, 박찬희, 전상미

펴낸 곳 ㈜알에이치코리아
주소 서울시 금천구 가산디지털2로 53, 20층 (가산동, 한라시그마밸리)
편집문의 02-6443-8827 **도서문의** 02-6443-8800
홈페이지 http://rhk.co.kr
등록 2004년 1월 15일 제2-3726호

ISBN 978-89-255-7746-3 (03810)